W0376130

Melanie Hinz

Das längste erste Date

1.

„Noch etwa fünfhundert Meter“, sagt der nette, ältere Limofahrer durch die kleine Öffnung in der Plexiglasscheibe, die den Chauffeur vom Fahrgast trennt. Im nächsten Moment biegt er in einen unbefestigten Waldweg ein.

Zwei Minuten später sehe ich eine Blockhütte durch die Bäume blitzen. Gleich dahinter erstreckt sich ein großer Waldsee. Der Weg zur Hütte wird von Fackeln erleuchtet und ich erwarte schon fast, dass der nächste Bachelor mit Rose und Smoking und allem Drum und Dran aus der Tür kommt. Im Gegensatz zu manchen Frauen wäre so eine Szene und ein geschniegelter Kerl, mein persönlicher Albtraum. Doch das Haus und die ganze Umgebung hat etwas von einem Märchen.

Eigentlich kann ich es selbst nicht glauben, dass ich mich auf diese Aktion eingelassen habe. Eine ehemalige Kollegin und Freundin hielt es für eine grandiose Idee, mich bei dem Gewinnspiel eines Radiosenders anzumelden und hatte auch noch gleich das zweifelhafte Glück, für mich zu gewinnen. Unter dem Motto *Das längste erste Date* wurden zwei Singles gepaart und für eine knappe Woche in ein einsames Häuschen im Wald eingeladen, um sich ungestört kennenlernen zu können. Da ich dabei nicht selbst aussuchen konnte, mit wem ich diese Zeit verbringen will, war es wahrscheinlich nicht die beste Idee, mich darauf einzulassen.

Ich hätte auch ablehnen können, doch ich habe schon seit langem den Drang für eine Weile aus meinem Alltag auszubrechen. Nachdem ich letzten Monat meinen Job gekündigt habe und ich meine neue Stelle erst in drei Wochen antrete, kam mir die ganze Aktion doch reizvoll vor.

Jetzt ist es jedenfalls zu spät für einen Rückzieher.

Es gibt sicherlich Spannenderes als die Eifel für ein Blind Date, doch ich bin angemessen aufgeregt.

Über den zweiten Gewinner weiß ich nur, dass er männlich ist, dreiunddreißig Jahre alt und auch im Umland von Düsseldorf lebt.

Dass er ein schmieriger Freak sein könnte, der nichts als eklige Anmachversuche und frauenfeindliche Sprüche draufhat, versuche ich mit aller Kraft zu verdrängen. Über die Horrorvorstellung, dass er ein Serienkiller sein könnte, der aus meinem Schädel ein Trinkgefäß macht, bin ich jedoch unbesorgt. Da bin ich pragmatisch. Er ist dem Veranstalter namentlich bekannt und praktisch der einzige Täter, der infrage kommt, wenn mir was passiert. Trotzdem hoffe ich, dass sich die Schlafzimmer- und Badtüren abschließen lassen - alleine schon für die Privatsphäre.

„Der andere Gewinner ist noch nicht da“, höre ich den Fahrer von vorne. „Ich bringe jetzt ihr Gepäck rein, und wenn Sie das möchten, dann würde ich wenigstens draußen warten, bis der nächste Wagen da ist. Mein Kollege ist etwa zehn Minuten hinter uns.“

„Ja, das wäre toll. Vielen Dank“, antworte ich dankbar. In der Dämmerung in einer Hütte alleine im Wald zurückgelassen zu werden, das ist selbst mir zu gruselig.

Ich nutze die Gelegenheit und inspiziere die Unterkunft, solange ich noch für mich bin. Die Hütte ist traumhaft. Der Wohnraum mit offener Küche ist eine Mischung aus Naturstein, Holz und Chrom. Im Gegensatz zu meiner stets leicht chaotischen Wohnung ist hier alles perfekt aufeinander abgestimmt. Natürlich nutze ich die Chance und nehme direkt das größte Schlafzimmer mit angrenzendem Bad in Beschlag.

Jetzt sitze ich nervös auf dem gigantischen Sofa vor dem Kamin und warte auf das, was da kommt.

Hätten wir Sommer, könnte man sicher auch im See schwimmen, doch davon kann man Anfang

Februar nur träumen. Wir können froh sein, wenn es in den nächsten Tagen nicht noch einmal anfängt zu schneien.

Durch die große Fensterfront beobachte ich meinen Chauffeur, der rauchend an der Fahrertür lehnt und auf seinen Kollegen wartet.

Zwischen den Bäumen taucht die zweite Limousine auf und biegt nur wenige Sekunden später um die letzte Kurve. Mein Fahrer tritt seine Zigarette auf dem Waldboden aus, winkt in meine Richtung und steigt in sein Fahrzeug.

Mir wird schlecht. Das war eine dumme Idee. Was habe ich mir nur dabei gedacht?

Nun muss ich pinkeln. Oder mich übergeben. Oder beides.

Reiß dich zusammen, Franzi. Du bist zweiunddreißig Jahre alt! Du hast dir diese Suppe eingebrockt, also wirst du sie jetzt auch auslöffeln. Im schlimmsten Fall ignorierst du ihn und spielst für eine Woche die anstrengende Zicke.

Wir sind ja nicht dazu verpflichtet, uns zu verlieben, auch wenn der Radiosender das natürlich gerne sehen würde, damit er uns anschließend als Traumpaar vorführen kann, dass er zusammengeführt hat. Irgendwie müssen sie schließlich an Sendematerial kommen.

Das laute Zuschlagen einer Autotür schreckt mich aus dem Wirrwarr meiner Gedanken. Wie angestochen springe ich von der Couch auf und renne zur Küche, als hätte ich hier dringend etwas zu erledigen. Ohne jeden Grund schiebe ich den Messerblock und die Obstschüssel an den Rand der Arbeitsfläche, nur um sie gleich wieder in der Mitte zu platzieren.

Ich weiß nicht, was ich mit meinen Händen tun soll, und ich traue mich nicht, mein Blind Date an der Tür zu empfangen oder auch nur aus dem Fenster zu schauen, um einen Blick auf ihn zu erhaschen.

Kaffee. Ja, Kaffee klingt wie eine gute Idee.

Zwar finde ich direkt den Schalter der Maschine, habe jedoch keine Ahnung, wie ich sie bediene. Vermutlich muss ich erst einmal Bohnen einfüllen. Oder Pulver. Und Wasser.

Während ich den gut gefüllten Vorratsschrank durchsuche, fliegt hinter mir die Tür auf. Zu spät sich zu verstecken.

„Hey", erklingt eine grimmige Stimme.

Na super. Ein pauschal schlecht gelaunter Kerl. Die hab ich ja besonders gern. Langsam drehe ich mich um, in Erwartung meinem Date gegenüberzutreten. Stattdessen steht ein Teil meiner Vergangenheit vor mir.

„Marko", flüstere ich schockiert.

„Franzi?"

2.

Ich weiß nicht, was ich sagen soll. Mir fehlen die Worte. Mein Hirn hat noch gar nicht realisiert, dass er es wirklich ist. Es ist so lange her.

Natürlich hat er sich verändert. Doch das habe ich auch. Diese braunen Augen und die schwarzen Haare, die immer ein Stück zu lang sind und wirr von seinem Kopf abstehen, könnte ich aus jeder Menschenmenge in Sekunden herauspicken. Marko ist genauso sprachlos wie ich. Hilflos starren wir uns an.

Mit einem Griff in seine Hosentasche findet er sein Handy und damit seine Stimme.

„Dieser Wichser", flucht er vor sich hin, während er eine Nummer anwählt, nur um festzustellen, dass er kein Netz hat. Hier im Wald ist die Verbindung nur sehr sporadisch, wie ich vorhin schon festgestellt habe.

„Wer ist ein Wichser?", frage ich verwirrt.

„Mein Kumpel. Phil. Ihm gehört der Sender. Er hat mir das eingebrockt."

Die ganze Sache kommt mir immer merkwürdiger vor.

„Ist das hier ein blödes Spiel? Hast du mich wiedererkannt und das arrangieren lassen?"

„Was? Nein!" Gestresst fährt er sich durch die Haare. Diese Gewohnheit hat er wohl bis heute nicht ablegen können. Kein Wunder, dass er stets aussieht, als wäre er gerade erst aus dem Bett gefallen.

Marko öffnet seinen Parka und wirft seinen Rucksack hinter sich auf den Sessel.

Ich weiß immer noch nicht, wie ich die ganze Situation verarbeiten soll. Marko rennt mit dem Telefon in der Hand wieder nach draußen, auf der Suche nach Netz, also gehe ich in mein Zimmer und schließe die Tür hinter mir. Mit meinem Handy lege ich mich angezogen in die leere Badewanne und hoffe auf eine Netzverbindung. Was ich tun soll, wenn sie sich wieder aufbaut, weiß ich ehrlich gesagt auch nicht. Dass mein Rückzug albern ist, weiß ich selbst, doch er ist ja genauso unhöflich.

Es ist Marko. Meine erste große Liebe Marko.

Das zwischen uns war so gut und ist doch so böse auseinandergegangen. Ich habe das nicht verarbeitet, immer nur verdrängt. In meinem Leben war kein Platz, um diesen Liebeskummer zu pflegen. Außerdem war die ganze Geschichte so abgefuckt, dass ich es irgendwann aufgegeben habe, einen Sinn darin zu suchen.

Wieso hat diese blöde Hütte eigentlich kein W-Lan?

Doch das benötige ich gerade gar nicht. In meinem Badewannenversteck habe ich perfektes Netz. Spontan öffne ich Facebook und suche dort nach ihm. Er ist gar nicht schwer zu finden, da er auf seinem Profilbild eindeutig zu erkennen ist, obwohl sein Name häufiger vorkommt. Nach kurzem Zögern schreibe ich ihn an, auch wenn er das vermutlich nicht so schnell lesen wird, da er dort draußen immer noch kein Netz haben dürfte.

Franziska: *Und nun?*

Marko: *Wie wäre es, wenn du wieder rauskommst und wir das wie Erwachsene bereden, statt uns hier Nachrichten zu schicken?*

Franziska: *Hast du das wirklich nicht arrangiert? Das ist alles so verrückt, ich weiß nicht, was ich glauben soll. Mir kam das von Anfang an komisch vor.*

Marko: *Habe ich ganz ehrlich nicht. Das kannst du mir glauben. Es war nur ein Gefallen für Phil, um ihm beim Marketing zu helfen. Er hat uns gematcht, aber ich bezweifle, dass er weiß, wer du bist. Mich hat er nur geschickt, weil er nicht riskieren wollte, ein Mädel allein mit einem fremden Typen in den Wald zu schicken. Im Nachhinein betrachtet ist die ganze Aktion ziemlich* *unausgegoren. Wieso hast du dich überhaupt darauf eingelassen? Bist du lebensmüde?*

Franziska: *Ha ha, sehr witzig. Weiß ich ehrlich gesagt selbst nicht. Zuviel Alltag und neuerdings auch zu viel Zeit. Ich dachte, das wäre eine gute Ablenkung. Eine Freundin hat im Radio davon gehört und mich dazu angemeldet. Ich habe ehrlich gesagt nicht damit gerechnet, dass ich überhaupt rausgepickt werde. Außerdem habe ich nicht geglaubt, dass wir hier tatsächlich so allein gelassen werden. Die Aktion mit den Chauffeuren war nett. Aber dann nichts mehr? Sehr schräg.*

Marko: *Ja, das war Phils grandiose Idee. Deswegen bin ich hier. Damit am Ende niemand vergewaltigt und im Wald verscharrt wird. Wenigstens der Kühlschrank ist voll. Komm bitte raus, Franzi. Lass uns einen Kaffee trinken und dann überlegen wir, wie es weitergeht.*

Widerwillig erhebe ich mich aus der Wanne und gehe zurück ins Wohnzimmer, wo Marko gerade hereinkommt. Er hat für eine Verbindung wohl draußen herumwandern müssen. Zumindest bedeutet es, dass man hier an verschiedenen Stellen doch noch einen Empfang zur Außenwelt hat, was mich etwas beruhigt. Auch wenn ich eigentlich nicht wirklich jemanden hätte, der mich hier abholen könnte.

„Es ist schon ziemlich absurd, dass es für unser erstes Date so weit kommen musste. Das hätten wir früher haben können“, sagt er und wirft seine Jacke auf die Couch.

Ich muss kurz überlegen, was er damit meint, doch dann kommt mir unser rasanter Beziehungsstart in den Sinn. Wir haben damals wirklich keine Zeit verloren.

„Hey, es ist nicht meine Schuld, dass du nicht den Anstand hattest, mich vor dem ersten Sex wenigstens auf einen Kaffee einzuladen.“

Der Beginn unserer damaligen Beziehung war mehr als nur ein bisschen stürmisch. Genau so war auch das Ende, nur schmerzhafter.

„Wenn mich meine Erinnerung nicht trügt, dann saßt du bereits auf mir und hattest deine Zunge in meinem Mund, bevor ich auch nur etwas hätte aussprechen können, das einer Einladung gleichgekommen wäre.“

Es war eine wilde Zeit, doch die liegt mehr als ein ganzes Jahrzehnt zurück. Ich war damals gerade zwanzig, frisch von Zuhause ausgezogen und habe das in vollen Zügen ausgekostet. Wenn man aus einem überbehütenden Elternhaus kommt, dann kann schon mal ein Knoten platzen, sobald die

Freiheit ruft. Dabei habe ich nur Erfahrungen nachgeholt, die meine Altersgenossen bereits ein paar Jahre zuvor machen konnten.

„Ich habe aber auch keine Beschwerden deinerseits vernommen."

So ungezwungen wie möglich lehne ich mich mit der Hüfte an die Couch und verschiebe das Möbelstück versehentlich ein paar Zentimeter. Grinsend geht Marko an mir vorbei, als wüsste er, dass ich versuche, besonders lässig auszusehen. Dabei bin ich völlig fertig. Ich habe keine Ahnung, wie ich diese Situation einordnen soll. Einerseits bin ich sogar ein bisschen erleichtert, ein vertrautes Gesicht zu sehen. Andererseits habe ich nicht damit gerechnet, mich jemals wieder mit ihm auseinandersetzen zu müssen.

„Ich mache uns jetzt Kaffee und dann reden wir darüber, wie das hier weiterlaufen sollte. Okay?", fragt er und greift gleichzeitig zielgerichtet in den Küchenschrank, als wäre er nicht zum ersten Mal hier.

„Kaffee klingt gut. Du kennst dich offenbar hier aus."

Marko hält in der Bewegung inne und schaut mich verwirrt an.

„Wie kommst du darauf?"

„Weil du noch nicht einmal überlegen musst, wo das alles steht. Als hättest du die Küche selbst eingeräumt."

Mit einem tiefen Seufzer stellt er die Packung Kaffeebohnen auf der Arbeitsplatte ab. „Du glaubst immer noch, dass ich das eingefädelt habe, oder?", fragt er über seine Schulter.

„Keine Ahnung, Marko. Du musst zugeben, dass es verdächtig aussieht."

Kopfschüttelnd wendet er sich der Maschine zu. „Du warst immer schon so. Einen Vertrauensvorschuss bekommt niemand von dir. Du glaubst etwas erst, wenn es dir mehrfach unabhängig bestätigt wurde", sagt er, während er die Maschine mit Wasser befüllt.

Es macht mich wütend, dass er es einfach so feststellt, auch wenn er recht hat. Seine Eigenschaft, die Wahrheit auszusprechen, ist grundsätzlich nichts Negatives. Doch damit hat er mich schon so oft schmerzhaft ins Mark getroffen, dass ich mich frage, ob so viel Ehrlichkeit in jeder Situation nötig ist.

„Und du hältst immer noch nicht mit deiner Meinung hinterm Berg, wie ich sehe. Jederzeit frei heraus, ohne Rücksicht auf Verluste."

Meine Stimme klingt aggressiver, als ich es sein möchte. Ich bin eigentlich nicht so. Nicht mehr.

Marko schaltet die Maschine ein und dreht sich zu mir. „Ich würde hier gerne einen Schnitt machen. Bevor wir noch weiter in alte Muster verfallen. Wir werden gleich gemeinsam einen Kaffee trinken und überlegen, wie das hier weiterlaufen soll. Klingt das gut?“

„Ja, klingt okay“, antworte ich kleinlaut.

Bei einer gemeinsamen Erkundungstour haben wir eine wunderschöne kleine Pergola neben dem Haus entdeckt. Darunter stehen im Schein einer Lichterkette ein Baumstamm, der als Tisch dient und zwei Loungesessel, in die wir uns mit unseren dampfenden Tassen niederlassen. Marko hat uns Decken aus dem Haus geholt und mir eine davon auf den Schoß gelegt. Obwohl wir unsere Jacken angezogen haben, glaube ich nicht, dass wir es hier draußen lange aushalten, ohne uns den Hintern abzufrieren. Es riecht tatsächlich nach Schnee, aber vielleicht ist das auch nur der Geruch des Waldes, an den meine Nase nicht gewöhnt ist.

„Und jetzt?“, frage ich, nachdem wir für kurze Zeit in einer unangenehmen Stille nebeneinandergesessen und in die Ferne gestarrt haben.

Marko nimmt einen kräftigen Schluck aus seiner Tasse und zuckt mit den Schultern. „Keine Ahnung,

Franzi. Letztendlich geht es nur darum, was du möchtest. Es ist dein Gewinn und ich löse nur ein Versprechen für einen Freund ein. Wenn du hier bleiben willst, dann machen wir das. Das dürfte interessant werden. Aber wenn du abbrechen willst, dann ist es auch in Ordnung. Ich kann das verstehen. Die Situation ist einfach nur schräg.“

„Das war sie schon, bevor ich wusste, dass ich meiner ersten großen Liebe gegenüberstehen würde“, platzt es aus mir heraus.

Marko tut noch nicht einmal so, als wäre er schockiert. Sein leichtes Lächeln treibt meinen Puls in die Höhe. Er müsste sehr genau wissen, wie hart das damals alles für mich war, und dennoch scheint es ihn zu amüsieren.

„Du findest das witzig?“, frage ich genervt.

„Das Ding mit der Liebe? Nicht im Geringsten. Ich sehe aber auch keinen Sinn darin, dir jetzt nochmal zu beteuern, dass ich damals genauso für dich gefühlt habe. Auch wenn du das nie so wirklich glauben wolltest. Lustig ist es allerdings schon ein wenig, dass du immer noch so schnell auf hundertachtzig bist. Das scheint sich auch kein Stück geändert zu haben.“

Ich möchte ihm so gerne sagen, dass er sich ficken soll. Dass ich seine Attitüde auch ein Jahrzehnt später noch satt habe. Doch irgendetwas sagt mir, dass es wir beide sind, die aus dieser Dynamik nicht rauskommen, obwohl die Lebenserfahrung uns verändert hat. Zumindest kann ich das von mir behaupten. Auch er wird wohl hoffentlich so etwas wie einen Reifeprozess durchgemacht haben.

„Können wir den zweiten Schnitt für heute machen und uns wie Erwachsene unterhalten?“, frage ich seufzend.

Marko sieht mich lange an, bevor er antwortet. Vielleicht hat er gerade auch erst einmal eine schnippische Reaktion herunterschlucken müssen.

„Nichts lieber als das, Franzi. Und das meine ich ehrlich.“

Hätte er auch nur ansatzweise anders reagiert, dann hätte ich mir vermutlich jetzt ein Taxi gerufen. Wobei ich bezweifle, dass sie die Hütte hier draußen finden würden. Zudem ich noch nicht einmal die Adresse kenne.

„Okay“, antworte ich, weil ich sonst nicht weiß, wie ich das Gespräch weiterführen soll. Dieser Mann neben mir ist mir einerseits so vertraut und doch so fremd.

„Willst du bleiben?“, fragt er nach einer unangenehmen Minute des Schweigens.

„Ich habe darauf keine Antwort, Marko. Hältst du es für eine gute Idee? Eigentlich hatte ich mich nur auf eine Auszeit gefreut, aber da war mir noch nicht klar, dass *Das längste erste Date* mit meinem Ex stattfinden würde."

Dabei hatte ich aber auch nicht einkalkuliert, dass er es ist, der mir in dieser Situation eine Sicherheit vermittelt, von der ich mir eingeredet habe, dass ich sie nicht brauchen würde. Doch seien wir mal ehrlich: Wer ist so wahnsinnig, sich eine Woche lang mit einem Wildfremden in einer Waldhütte einquartieren zu lassen? Das hätte alles sehr böse ausgehen können. Abgesehen von einem sehr sporadischen Handynetz habe ich hier keinerlei Absicherung, falls ich Hilfe brauche.

„Wenn du deine Woche Auszeit willst, dann nimm sie dir. Du musst dich nicht groß mit mir befassen. Ich habe jede Menge Bücher auf meinen Reader gezogen und kann mich schon selbst beschäftigen. Auch wenn das jetzt wieder so klingt, als hätte ich die Nummer hier geplant, ich will einfach nicht meinen Freund hängen lassen."

Das ist Marko. Grundehrlich und zuverlässig. Wenn er etwas verspricht, dann hält er es auch.

Als ich nicht sofort antworte und stattdessen nur an meinem Kaffee nippe, macht er einen weiteren Vorschlag.

„Die Sonne ist ja inzwischen vollständig untergegangen und der Wald ist stockdunkel. Im

Notfall geht das sicher, aber trotzdem wird sich heute keiner mehr drum reißen, uns hier abzuholen. Wie wäre es, wenn wir gleich die Küche plündern und mal schauen, was wir heute Abend kochen können. Ich bin mir auch ziemlich sicher, dass Phil für guten Alkohol gesorgt hat. Dann lassen wir es uns heute gut gehen, schlafen eine Nacht drüber und morgen beim Frühstück sagst du mir, ob du nach Hause möchtest oder auch nicht."

„Damit kann ich leben", antworte ich, obwohl ich meine Entscheidung eigentlich schon kenne. Ich wollte doch Abwechslung, und auch wenn sie nun nicht so ausgefallen ist, wie ich es mir ausgemalt habe, ist es auf jeden Fall eine Herausforderung. Oder eine dumme Idee.

Das wird sich dann zeigen.

3.

Marko war damals ein leidenschaftlicher Esser, aber ein grauenhafter Koch. Das scheint sich bis heute nicht geändert zu haben, wenn ich sehe, wie unbeholfen er das Gemüse schneidet. Von Küchenroutine zeugt das jedenfalls nicht. Bevor er aus der Paprika noch Mus macht, nehme ich ihm das Messer aus der Hand.

„Vielleicht solltest du dich besser um die Getränke kümmern“, erkläre ich grinsend und schiebe ihn mit der Hüfte beiseite. Wenn wir heute noch etwas essen möchten, dass ansatzweise der geplanten Gemüse-Pasta-Pfanne entspricht, sollte ich besser übernehmen. Aus dem Augenwinkel sehe ich, wie Marko mich beobachtet. Vielleicht denkt er über einen bissigen Kommentar nach, doch nach kurzer Zeit dreht er sich lächelnd zum Kühlschrank.

„Bier? Wein? Oder was Stärkeres?“, fragt er.

„Gin Tonic wäre gut, wenn wir die Zutaten dafür haben.“

„Ich hätte jetzt eher auf Wodka Lemon getippt, doch ich schaue mal, was wir da haben.“

Ich werfe ihm einen strafenden Blick zu, aber er schmunzelt nur. Wodka Lemon mag vor zehn

Jahren mein Standardgetränk gewesen sein, doch man wird sich ja wohl noch weiterentwickeln dürfen.

„Das weckt viele Erinnerungen, und nicht nur gute“, sage ich, während ich die Pasta ins kochende Wasser schütte.

„Der Morgen danach war meist ziemlich schmerzhaft, aber sonst war es doch eine gute Zeit. Oder nicht?“

Natürlich war es das. Bis er mir das Herz gebrochen hat. Und ich ihm.

„Es war vor allem eine andere Zeit. Ich hoffe zumindest, dass ich nicht mehr der Mensch bin, der ich damals war.“

„Wieso, was war denn falsch mit dir?“, fragt Marko interessiert und sieht mich abwartend an. In irgendeinem Schrank hat er tatsächlich eine Gin-Flasche aufgetrieben, die er jetzt wie ein Baby im Arm hält.

„Ich habe nicht behauptet, dass etwas mit mir falsch war. Nur entwickeln wir uns ja alle weiter, im günstigsten Fall. Aber davon abgesehen muss ich echt feststellen, dass so vieles, was sich mit Anfang zwanzig noch wie ein Weltuntergang angefühlt hat, mir jetzt nur noch ein Schulterzucken entlockt. Man wird doch belastbarer im Laufe der Zeit und das ist auch gut so. Auf Dauer könnte ich die Dramen des Lebens überhaupt nicht mehr so ausleben wie damals. Das wäre einfach viel zu anstrengend. Ich werde ja auch nicht jünger."

Ein Grinsen breitet sich auf Markos Gesicht aus.

„Du gibst also endlich zu, dass du eine anstrengende Zicke warst", sagt er und macht Anstalten sich zu ducken. Da ich aber gerade das große Fleischmesser in der Hand habe, sehe ich davon ab, es nach ihm schmeißen. Schließlich will ich seinen leblosen Körper nicht heute Nacht noch im Wald vergraben müssen. Außerdem geht das Blut sicher ganz schlecht aus hellen Holzboden heraus. Darum begnüge ich mich damit, ihm lächelnd den Mittelfinger zu zeigen.

„Na also, da ist sie doch noch", erwidert er zufrieden. „Ich kann übrigens nur Ginger Ale finden, kein Tonic Water."

„Ja, das geht auch. Eigentlich mag ich das sogar lieber."

Zwischen uns macht sich schon wieder eine vertraute Stimmung breit, die mich allerdings unfassbar irritiert. In den letzten Jahren ist so viel in meinem Leben passiert, dass von dieser Verbundenheit eigentlich nichts mehr übrig sein sollte.

Während ich das Abendessen auf den Tellern anrichte, befüllt Marko unsere Gläser mit Eis. Die Getränkeflaschen hat er direkt zum Nachschenken auf den Esstisch gestellt. Falls wir die Gin-Flasche heute noch leeren, dann hoffe ich, dass sich in der Hütte morgen Früh irgendwo Kopfschmerztabletten finden lassen. Wir bewegen uns nebeneinander, als würden wir heute noch einen Alltag teilen. Dabei komme ich nicht umhin zu bemerken, dass er noch genauso gut riecht wie früher, und das seine Schultern breiter geworden sind. Außerdem hat er ein paar feine Fältchen um die Augen, die vor zehn Jahren natürlich noch nicht da waren. Doch sie tun seiner Attraktivität keinen Abbruch – ganz im Gegenteil, sie machen aus dem großen Jungen von damals einen Mann.

„Wenn du mich noch länger anstarrst, dann werde ich verlegen", sagt er zwinkernd, als er mit den Gläsern an mir vorbei zum Tisch geht. Mir war nicht bewusst, dass ich ihn so offensichtlich angegafft habe.

„Sorry, ich war wohl in Gedanken." Verschämt sehe ich weg und nehme unsere gefüllten Teller, um mich zu ihm zu gesellen. Meine Wangen stehen vermutlich gerade in Flammen, zumindest fühlt es sich so an. Doch das Licht ist gedimmt und ich hoffe, es fällt ihm nicht auf. Er soll sich bloß nichts einbilden.

Während des Essens weiß keiner von uns beiden so recht, wo er hinsehen soll. Mit einem Mund voller Pasta kann man sich auch schlecht unterhalten. Ich trinke meinen Longdrink hastiger, als ich sollte. Wenn ich das beibehalte, dann wird der Abend für mich ziemlich schnell vorbei sein. Vielleicht ist das auch besser so. Seine Anwesenheit sorgt nicht gerade für einen klaren Kopf bei mir.

Marko legt die Gabel auf seinem geleerten Teller ab und lehnt sich seufzend zurück. „Das kannst du definitiv immer noch“, bemerkt er anerkennend und reibt sich den Bauch.

„Nur ein wenig angebratenes Gemüse mit Pasta und einem Schuß Sahne. Keine große Sache. Aber danke fürs Kompliment. Morgen sollten wir definitiv ein paar Steaks aus der Truhe auftauen. Dein Freund hat uns echt gut ausgestattet. Mit den Vorräten hier könnten wie die erste Welle einer Zombie-Apokalypse überstehen.“

Marko lacht nickend. „Ja, so ist er. Apropos, wie hast du eigentlich die Covid-Pandemie überstanden? Sorry, falls die Frage zu direkt ist.“

Er kann nicht wissen, wie umfassend das Thema für mich ist. Doch mein Gesichtsausdruck lässt es wohl erahnen. Es ist jetzt zweieinhalb Jahre her, dass wir das Schlimmste überstanden haben, aber für einige von uns hat es Nachwirkungen auf vielen Ebenen.

„Oh fuck, Franzi. Ich hätte die Klappe halten sollen oder mich wenigstens sachte vortasten. Ich hing doch selbst mittendrin und weiß es eigentlich besser.“ Er greift nach meiner Hand und ich lasse ihn.

„Bist du noch bei der Feuerwehr?“, frage ich.

„Bin ich. Aber wir haben nicht so viel mitbekommen wie der medizinische Bereich und besonders die Jungs vom Rettungsdienst. Ja, ein paar Querdenker sind auch uns gegenüber ausgeflippt, alleine aufgrund der Tatsache, dass wir einen Mundschutz getragen haben. Wir sind angefeindet worden, aber grundsätzlich sind die Leute natürlich erst einmal dankbar, wenn man ihr brennendes Haus löscht oder sie nach einem Unfall aus dem Auto schneidet. Hast du eigentlich dein Medizinstudium durchgezogen? Du hast ja damals noch auf deinen Studienplatz gewartet. Bist du Ärztin geworden? Dann musst du ja die volle Breitseite mitbekommen haben.“

Ich zögere, ob ich es ihm erzählen soll. Wirklich alles kann ich ihm nicht sagen, nicht nach den wenigen Stunden, die wir uns wiedergesehen haben. Doch über die letzten Jahre kann ich reden, auch wenn sie schmerzhaft waren.

„Aus dem Studium ist nichts geworden. Aber Krankenschwester bin ich geworden. Und ja, ich habe die volle Breitseite mitbekommen. Ich bin angespuckt und geschlagen worden. Man hat meiner Familie gedroht und mich vor dem Krankenhaus abgefangen, um mir Verschwörungstheorien entgegenzubrüllen. Tatsächlich habe ich Intensivpflege gemacht und das war wirklich schlimm. Marko, ich habe so viele Hände gehalten, durch die volle Schutzausrüstung, weil die Leute sonst ganz alleine gestorben wären. Einen nach dem anderen ersticken zu sehen und nichts tun zu können, das war wohl mit das Schlimmste, was ich bisher erlebt habe. Nach der dritten Welle habe ich mich auf die Onkologie versetzen lassen. Tatsächlich war es das geringere Übel, auch wenn das schwer vorstellbar ist. Trotzdem habe ich meinen Job vor kurzem gekündigt. Die Stimmung ist immer noch so geladen und die Leute behandeln uns wie Dreck. Keine Ahnung, ob sich das jemals wieder ändern wird. Nach wie vor sind wir gnadenlos unterbesetzt und niemand scheint das ändern zu wollen. Ich kann und will einfach nicht mehr, auch wenn ich dabei weiter zum Personalmangel beitrage. Aber ich habe das lange genug gemacht und jetzt muss ich wieder an mich denken. Niemand kann alleine die Welt retten, besonders wenn es gefühlt mehr Leute gibt, die einem dabei Steine in den Weg legen, als die Menschen, die auch aktiv helfen wollen. Du kannst dir nicht vorstellen, wie durch ich war. Neuerdings bin ich in Tränen ausgebrochen, wenn ich in meiner Freizeit irgendwo ein Martinshorn gehört habe. Das kommt nicht gut, wenn man in der Stadt unterwegs ist und eigentlich nur Schuhe kaufen will. Auch wenn es wohl nur die angestaute Anspannung war, die sich in diesen unerwarteten Momenten gelöst hat, hätte ich mir noch ein paar Wochen gegeben und dann hätte man mich wahrscheinlich in die Geschlossene bringen können."

Er hält immer noch meine Hand und ich werde mir sekündlich mehr der Wärme seiner Haut bewusst. Seinen mitfühlenden Blick kann ich gerade nur schwer aushalten. Es fühlt sich zu intim an.

„Das kann ich sehr gut verstehen. Es muss wirklich hart gewesen sein. Für ein paar Wochen habe ich im Impfzentrum ausgeholfen. Die Leute waren zwar in der Regel sehr dankbar, aber ein paar von den Spinnern mussten wir auch am Eingang abwehren oder von der Polizei entfernen lassen. Das ist natürlich kein Vergleich zu dem, was du offenbar mitgemacht hast. Wie geht es denn jetzt bei dir weiter? Du warst nie der Typ, der lange ohne Beschäftigung sein konnte."

Vorsichtig nehme ich meine Hand weg, um noch einen Schluck zu trinken, doch plötzlich schmeckt mein Getränk nur bitter. Vielleicht war es keine gute Idee, mich ihm nach so kurzer Zeit schon wieder anzuvertrauen. Dabei ist es bei ihm so selbstverständlich, das war es immer. Er hört einfach nur zu, ohne zu werten. Nicht viele Menschen können das.

„Ich habe eine Stelle in einem tollen Hospiz gefunden, die wirklich großartige Arbeit leisten. Es ist zwar auch wieder sehr mit dem Thema Tod verbunden, aber auf eine wesentlich würdevollere Art. Damit kann ich ganz gut umgehen und ich denke, dass es mich auf lange Sicht zufriedener macht als von Patient zu Patient hetzen zu müssen und letztendlich doch niemandem so richtig gerecht werden zu können. Aber genug von mir. Wie bist du sonst durch diese beschissene Zeit gekommen?"

Viele Leute haben Angehörige oder Freunde verloren, aber er hat mich ja auch auf den Kopf zu gefragt. Wenn ich schon mein Herz ausgeschüttet habe, dann kann ich so etwas ja auch fragen.

„Ganz gut, eigentlich. Meinen Paps hat es erwischt. Mich auch, aber ich habe davon praktisch nichts gemerkt. Er war auf der Intensivstation, aber es ist nicht bis zur Beatmung gekommen. Zum Glück hat er sich vorher wieder gefangen. Es hat eine Weile gedauert, bis er wieder vollständig auf dem Damm war, aber jetzt ist alles in Ordnung. Er geht sogar wieder regelmäßig schwimmen."

Sein Vater war immer schon ziemlich sportlich. Das hat Marko von ihm geerbt. Es ist möglich, dass seine gute Kondition ihm geholfen hat, vollständig gesund zu werden. Obwohl das selbst für viele Sportler schlussendlich auch nicht die Rettung war. Bis heute weiß niemand so richtig, warum es bei einigen so aggressiv war und andere praktisch gar nichts gemerkt haben. Seine Mutter hat schon nicht mehr gelebt, als wir uns damals kennengelernt haben, darum muss ich nach ihr nicht fragen.

„Und Sara? Geht es ihr gut?" Seine Schwester habe ich damals vermisst, als es zwischen uns auseinandergegangen ist. Sie hat mir nach unserer Trennung sogar noch ihre Hilfe angeboten, aber zu dem Zeitpunkt konnte ich es nicht annehmen. Der weitere Kontakt zu allem, was mit ihm zu tun hatte, war einfach zu schmerzhaft.

„Ihr geht es prima. Sie ist inzwischen verheiratet und ich habe eine ganz zauberhafte fünfjährige Nichte, die allerdings pandemiebedingt eindeutig zu viel Zeit unter Erwachsenen verbracht hat. So etwas neunmalkluges hast du echt noch nicht erlebt", sagt er und grinst kopfschüttelnd. Es ist offensichtlich, dass ihm die Kleine am Herzen liegt.

„Und wie geht es deiner Familie?", fragt er dann.

Die Frage tut weh, auch wenn mir klar war, dass sie kommen würde. Als ich versuche, eine Antwort zu formulieren, scheint Marko sie schon in meinem Gesicht zu lesen.

„Es tut mir leid, Franzi. Ich hatte keine Ahnung." Er greift wieder nach meiner Hand und ich lasse es zu, während ich die aufsteigenden Tränen herunterschlucke.

„Magst du es mir erzählen?" Behutsam streichelt er meine Finger. Merkt er denn nicht, wie irritierend vertraut sich das anfühlt?

Eigentlich will ich mit dem Kopf schütteln, denn es auszusprechen tut immer noch weh. Doch bei ihm fühlt es sich sicher an.

„Ich formuliere es mal so: Das einzig Gute an der Scheiße, die in den letzten Jahren passiert ist, ist wohl die Tatsache, dass meine Eltern die Pandemie nicht mehr miterleben mussten."

„Oh, fuck. Franzi, was ist passiert?"

Ich muss einmal tief durchatmen, um nicht loszuheulen, bevor ich den Mund öffnen kann.

„Mein Vater hatte einen schweren Schlaganfall und ist nach drei Wochen auf der Intensiv gestorben. Meine Mutter hat es gerade noch geschafft, ihn unter die Erde zu bringen, bevor sie sich mit einer Flasche Whisky in eine heiße

Badewanne gelegt und betrunken hat. Das hat ihr Herz nicht gepackt und sie ist nicht mehr wach geworden. Ich weiß bis heute nicht, ob es ihre Absicht oder einfach Unvernunft in ihrer Trauer war."

Marko sieht mich lange an, während ich auf meiner Lippe kaue, um mich vom Weinen abzulenken. Schließlich steht er auf, geht um den Tisch herum und zieht mich vom Stuhl hoch, bevor er mich in den Arm nimmt.

„Es ist okay", murmele ich an seiner Brust.

„Nein, ist es nicht. Erzähl keinen Blödsinn. Es tut mir so leid."

Vielleicht wäre jetzt der richtige Augenblick, um zu heulen, doch dafür lenkt mich seine Nähe viel zu sehr ab. Ich genieße es mehr, als ich sollte. Außerdem ist der Tod meiner Eltern schon sieben Jahre her und bringt mich nur noch selten vollständig aus der Fassung.

Seufzend lasse ich mich in seine Umarmung fallen und von ihm halten. Das konnte er damals schon gut, mich auffangen.

4.

Ich kann mich nicht erinnern, wann ich das letzte Mal von dem Duft frisch aufgebrühten Kaffees wach geworden bin. Noch bevor ich die Augen öffne, weiß ich, dass ich nicht zuhause in meinem Bett liege. Der Geruch des Zimmers, die raue Bettwäsche, nichts fühlt sich vertraut an. Ich habe keinen Filmriss von gestern, so viel haben wir nicht getrunken. Trotzdem muss ich mich kurz orientieren. Ich bin in einer abgelegenen Waldhütte mit meiner ersten großen Liebe, der ich am gestrigen Tag nach einem Jahrzehnt mein Herz über die vergangene Zeit ausgeschüttet habe. Der sich immer noch so vertraut anfühlt, obwohl wir beide offensichtlich nicht mehr die gleichen Menschen wie damals sind. Das ist so verrückt. Auch wenn ich nicht an göttliche Fügungen glaube, fühlt es sich so an, als hätte da jemand die Finger im Spiel gehabt.

Als ich die Augen aufmache, sehe ich, dass die Tür zu meinem Zimmer einen Spalt offen steht, obwohl ich mir sehr sicher bin, sie gestern geschlossen zu haben. Daher kommt wohl der Kaffeegeruch. Aber war Marko wirklich dreist genug, ins Zimmer zu kommen, während ich schlafe? Er hat zwar bereits alles von mir gesehen, doch das ist lange her und so nah sind wir uns gestern nicht gekommen, dass er sich das erdreisten könnte. Außerdem würde ihn der Anblick vielleicht etwas enttäuschen. Ich bin zwar grundsätzlich zufrieden mit mir, dennoch war es mir aus diversen Gründen nicht möglich, den Körper einer Zwanzigjährigen beizubehalten. Ein paar Kilo mehr und alles ist nicht mehr so straff, wie es mal war.

Warum mache ich mir überhaupt Gedanken darüber? Es spielt keine Rolle, ob er mich anziehend findet. Auch wenn wir gestern so was Ähnliches wie Frieden geschlossen haben, heißt es noch längst nicht, dass es eine gute Idee wäre, wieder etwas miteinander anzufangen.

Nach einer ausgiebigen Dusche ziehe ich meinen geliebten Kuschelpulli und eine Jogginghose an. Eigentlich hat es so seine Vorteile, dass Marko hier ist. Wäre ein fremder Kerl eingezogen, würde ich mich jetzt unter Druck gesetzt fühlen, mich ansehnlicher zu kleiden, aber er hat mich schon in fast allen Ausnahmezuständen gesehen, da muss ich keine Fassade aufrechterhalten. Zudem es ihm hoffentlich klar macht, dass ich keine Ambitionen habe, ihn zu verführen. Auch wenn ich seit Ewigkeiten keinen Sex hatte und obwohl ich weiß, wie er riecht, wie er schmeckt, wie geschickt er mit seinen Händen sein kann. *Nein, Schluss.* Diese Fantasien dürfen hier gar nicht erst einreißen.

Als ich ins Wohnzimmer trete, kommt Marko gerade von draußen herein. Er zieht die Kapuze von seinem Hoodie herunter und sieht mich heftig atmend an. Offenbar war er joggen. Freak.

„Dachte ich es mir doch, dass dich der Duft von Kaffee aus dem Bett treibt“, sagt er schließlich, als ich ihn unangemessen lange anstarre.

„Warst du in meinem Zimmer?“, frage ich.

„Was? Nein. Ich hab nur die Tür einen Spalt geöffnet, weil es früher die erfolgreichste Art war, dich zu wecken, wenn in der Küche die Kaffeemaschine läuft. Sorry, falls dich das erschreckt haben sollte. Ich würde nie einfach so in dein Zimmer gehen, keine Sorge. Dafür müsstest du mich schon einladen“, sagt er mit einem verschlagenen Grinsen.

Warnend hebe ich eine Augenbraue, was ihm jedoch nur ein amüsiertes Kopfschütteln entlockt.

„Ich gehe duschen“, verkündet er. „Du kannst dir ja schon mal Kaffee nehmen, dann mache ich uns gleich Frühstück.“

Bevor ich etwas sagen kann, ist er ins Bad verschwunden. Auch eine Sache, die ich verdrängt hatte: Er kann vielleicht nicht kochen, aber ich habe es immer geliebt, wenn er uns am Wochenende, nach einer langen Nacht im Club, das Frühstück gemacht hat.

Es fällt mir schwer, mich von ihm bedienen zu lassen und nicht einfach schon mit der Vorbereitung zu beginnen. Damit ich nicht in Versuchung gerate, ziehe ich meine Jacke über, schlüpfe in meine Sneaker und gehe mit meinem Kaffee nach draußen. Inzwischen ist es schon halb zehn und die tiefstehende Sonne spiegelt sich im See. Ich schlendere die wenigen Meter herunter ans Ufer und setze mich dort auf einen Baumstamm. Es ist kälter, als ich erwartet hatte. Ich hätte mir besser ein paar Socken und vielleicht einen Schal anziehen sollen. Doch der Ausblick ist traumhaft. Während ich an meinem Kaffee nippe, bewundere ich, wie die reflektierenden Sonnenstrahlen auf der Wasseroberfläche glitzern. Tilly würde es hier gefallen, schießt es mir spontan in den Kopf. Dabei hatte ich mir so fest vorgenommen, mal ein paar Tage nicht Mutter zu sein und nur an mich zu denken. Meine Tochter ist bei ihrem Vater bestens versorgt und normalerweise kommunizieren wir nur in Ausnahmefällen miteinander, wenn sie bei ihm ist. Auch wenn ich sie während dieser Zeit vermisse, bin ich froh, dass sie sich bei ihm sicher fühlt. Später werde ich trotzdem mal anrufen, sollte ich einen Platz finden, an dem ich stabiles Netz habe.

Warum ich Marko noch nicht von ihr erzählt habe? Es hat sich einfach nicht ergeben. Außerdem habe ich ehrlich gesagt das Gefühl, sie vor meinem früheren Leben schützen zu müssen, auch wenn sie letztendlich ein Resultat dieser Zeit ist. Vielleicht sage ich es ihm irgendwann. Oder wir trennen uns nach dieser Woche und sehen uns nie wieder. Dann muss ich dieses schmerzhafte Kapitel für uns nie mehr aufschlagen.

„Da bist du ja“, erklingt Markos Stimme hinter mir. Vor Schreck lasse ich fast meine Kaffeetasse fallen.

„Hast du mich gesucht? Sorry, ich dachte, du könntest mich vom Wohnzimmer aus sehen. Sonst hätte ich dir eine Nachricht hinterlassen.“ Um zu ihm aufschauen zu können, muss ich meine Augen mit der Hand vor der Sonne abschirmen.

„Deine braune Jacke funktioniert gut als Tarnung hier in der Umgebung. Ich hab dich erst im Haus gesucht, weil ich draußen nichts erkennen konnte. Für einen Moment dachte ich, du wärst abgehauen, aber dann habe ich den Blondschopf durch die Bäume leuchten sehen. Das Frühstück ist fertig.“

Wie auf Kommando knurrt mein Magen.

Marko reicht mir seine Hand und ich lasse mich von ihm hochziehen. Gemeinsam schlendern wir zum Haus zurück.

„Findest du es nicht auch etwas absurd, dass wir uns hier aus freien Stücken in eine solche Isolation begeben haben, wo wir uns doch die letzten Jahre nur von Lockdown zu Lockdown gehangelt haben?", frage ich, während wir gemeinsam den Tisch abräumen.

„Na ja, ich bin eigentlich nur so halbfreiwillig hier", sagt er zwinkernd.

„Werd nicht frech. Sonst melde ich, dass du für unser Date nicht kooperieren wolltest", sage ich und werfe das Küchentuch in seine Richtung. Geschickt fängt er es auf und wirft es zurück, sodass es wie ein ausgebreitetes Segel auf meinem Kopf landet.

„Wenn ich Phil sage, dass er mir meine anstrengende Ex auf den Hals gehetzt hat, dann wird er das verstehen", antwortet er mit einem verschlagenen Grinsen. Er hat Glück, dass ich seinen Humor auch heute noch einschätzen kann, bei jedem andere hätte ich diese Veranstaltung danach vermutlich abgebrochen.

„Aus Erfahrung kann ich sagen, dass deine Anwesenheit auch nicht immer ein Fest ist." Ich nehme das Küchentuch von meinem Kopf und hänge es an den Haken neben dem Spülbecken.

Marko fasst sich theatralisch an die Brust, doch das hat er verdient. „Du brichst mir das Herz, Hübsche“, seufzt er und presst seinen Handrücken an die Stirn, als würde er gleich in Ohnmacht fallen.

„Spinner“, sage ich lachend und drehe mich zum Spülbecken, um das Wasser abzulassen.

Marko stellt sich direkt neben mich und sieht mich von der Seite an. „Aber jetzt mal im Ernst, Franzi. Hast du dich entschieden? Ziehen wir die Woche durch? Denn dann sollten wir vielleicht nicht mehr zu sehr auf der Vergangenheit rumhacken. Ich denke, wir sind beide nicht mehr die gleichen Menschen wie damals.“

Er hat keine Ahnung, dass mich seine körperliche Nähe noch genauso aus der Fassung bringt wie früher. Immer, wenn er mir so nah ist, möchte ich ihn berühren. Wenn ich berühren sage, meine ich, dass ich ihn ins Schlafzimmer zerren und austesten will, ob er noch diesen Trick mit seiner Zunge und seinen Fingern drauf hat. Und ob es sich immer noch so sicher anfühlt, von ihm gehalten zu werden.

Diese Woche wird mich fertig machen, aber ich will es trotzdem durchziehen. Dabei weiß ich selbst nicht warum. Will ich austesten, ob da wieder was zwischen uns sein könnte? Muss ich mir etwas beweisen. Ich habe keine Ahnung, was es ist, aber irgendetwas hält mich hier.

„Wir ziehen es durch. Was soll schon schief gehen?“, sage ich mit aller Überzeugung, die ich aufbringen kann.

5.

Er ist ausgeglichener geworden, das zeigt sich deutlich, je mehr Zeit wir miteinander verbringen. Marko war früher ruhelos, immer auf der Suche nach dem nächsten Abenteuer oder einer neuen Herausforderung. Doch die Jahre scheinen ihnen entspannt zu haben. Vielleicht liegt es auch an seinem Job, der ihm genug Spannung bringt, sodass er jetzt froh ist, es in seiner Freizeit ruhig angehen zu lassen. Obwohl er offensichtlich immer noch sehr sportlich aktiv ist, etwas, dass ich bis heute nie für mich finden konnte, strahlt er jetzt mehr Ruhe aus. Offenbar hat er seine Mitte gefunden. Zumindest macht es so den Eindruck.

Während wir für unseren Filmabend das Popcorn vorbereiten und noch ein paar weitere Snacks und Getränke zusammensuchen, tapst er in der Küche um mich herum, als wollte er mich zum Tanz auffordern. Doch anscheinend hört nur er die dazu passende Melodie in seinem Kopf.

„Zieht es dich noch in die Clubs?“, frage ich, derweil ich uns kleine Käsewürfel zurechtschneide.

Marko klaut sich ein Stück vom Schneidbrett und schiebt es sich in den Mund, während er mich nachdenklich ansieht, bevor er den Kopf schüttelt.

„Nein, nicht wirklich. Die Zeit ist irgendwie vorbei. Wenn ich von einer Schicht komme, brauche ich inzwischen schon länger für die Regeneration, als mir lieb ist. Ich will zwar nicht sagen, dass wir alt sind, aber mit Anfang dreißig steckt man das einfach nicht mehr so leicht weg, wie noch mit zwanzig. Ich möchte auch gar nicht mehr so sehr meine Zeit mit so etwas verplempern. Klar, wenn ein paar Kollegen weggehen um ihren Geburtstag zu feiern, dann komm ich schon mal mit. Aber ich bin inzwischen auch jedes Mal der Erste, der wieder nach Hause fährt. Mir gibt das auch ehrlich gesagt nichts mehr. Was ist mit dir?“

Damals haben wir so viel Zeit und vor allem Geld für dieses Leben verschwendet, das kann ich mir heute nicht mehr vorstellen. Zwar sind wir nie abgerutscht, haben aber auch gemeinsam ein paar Drogenerfahrungen gemacht, auf die ich inzwischen wirklich verzichten kann.

„Schon der Gedanke an den Kater am nächsten Morgen erschöpft mich“, antworte ich kopfschüttelnd.

„Du hast ja sicher auch genug Erfahrung mit Schichtdienst. Das zehrt echt an einem, oder?“

„Auf jeden Fall. Darum bin ich auch froh, dass ich in meinem neuen Job familienfreundlichere Arbeitszeiten habe.“

Was ich gerade gesagt habe, fällt mir erst auf, als Marko mich fragend anschaut.

„Familienfreundlich?", fragt er mit einer hochgezogenen Augenbraue.

„Ja", antworte ich, doch ich sehe ihn dabei nicht an. Eigentlich wollte ich es nicht erzählen, aber ich fürchte, jetzt bleibt mir nichts anderes übrig.

„Du verstehst schon, dass ich da gerne etwas mehr als so eine einsilbige Antwort hätte", sagt er ruhig, obwohl er so aussieht, als müsste er einige Emotionen zurückhalten. Verständlich, wenn man bedenkt, wie wir uns getrennt haben.

„Ich habe ein Kind, okay? Es ist nicht so, als wollte ich sie verheimlichen, aber an diesem einen Wochenende wollte ich nur mal an mich denken. Erwachsenengespräche führen, die sich nicht um Erziehung oder ähnliches drehen. Kannst du das verstehen?"

Marko runzelt die Stirn. „Entschuldige, ich verarbeite gerade noch die Information, dass du Mutter bist." Er sieht verletzt aus. Ich kann nur mutmaßen, dass er enttäuscht ist, weil ich es ihm gestern nicht gleich erzählt habe. Dabei schulde ich ihm diese Info nicht. Nicht mehr. Schon gar nicht, nachdem, was damals zwischen uns war und dass ich unser Baby abgetrieben habe, weil er sehr deutlich gemacht hat, dass er sich nicht bereit fühlt.

„Schockierend, ich weiß. Sie ist halt der Grund, warum ich schon länger ein ruhigeres Leben führe. Und das ist auch gut so."

„Darf ich fragen, wo sie jetzt ist?"

Ich weiß nicht, warum das ausgerechnet sein erster Gedanke ist. Glaubt er, ich hätte sie auf dem Weg hier hin auf der Autobahnraststätte gelassen?

„Sie ist bei ihrem Vater, wie in jeder zweiten Woche."

„Okay." Nickend nimmt er mir das angerichtete Käsebrett ab und trägt es wie ferngesteuert zur Couch. Natürlich kann ich verstehen, dass er den Gedanken erst einmal verdauen muss, doch er scheint regelrecht schockiert von der Tatsache, dass jemand außer ihm mir ein Kind machen könnte.

Während wir den Film gemeinsam aussuchen, kommt das Thema nicht mehr zur Sprache und darüber bin ich froh. Ich möchte Mathilda hier nicht mit reinziehen und ihn involvieren, indem ich ihm zu viele Details über sie gebe. Unsere letzte Trennung, die direkt nach der Abtreibung passierte, war so explosiv, dass ich Tilly nicht in der Nähe haben möchte, sollte sich jemals wieder etwas Ähnliches zwischen uns ereignen.

Wir einigen uns auf den neuen *Spiderman*-Film. Auch wenn ich kein großer *Marvel*-Fan bin, finde ich

Tom Holland doch sehr witzig und kann mich deswegen damit arrangieren. Dass ich allerdings bereits zehn Minuten nach Filmbeginn tief eingeschlafen bin und beim Abspann wieder an Markos Schulter wach werde, ist mir etwas peinlich.

„Sorry“, murmele ich mit verschlafener Stimme und versuche, mir unauffällig den eingetrockneten Speichel aus dem Mundwinkel zu wischen. „War der Film gut?“

„Ich glaube schon. Manchmal war er etwas schwer zu verstehen, weil du so laut geschnarcht hast.“

Langsam rücke ich von ihm und funkele ihn gespielt wütend an. „Ich schnarche nicht, ich schnurre.“

„Meinetwegen“, antwortet er schulterzuckend. „Dann allerdings eher wie ein Tiger und nicht wie ein Kätzchen.“

„Gemein“, murmele ich grinsend und boxe ihm spielerisch auf den Oberarm.

„Jetzt wird sie auch noch gewalttätig.“ Er reibt sich den Arm, als hätte ich ihn schwer getroffen.

„Stell dich nicht so an. Ich bin mir sicher, dass du mehr verträgst, ohne in Tränen auszubrechen.“

Marko schüttelt nur den Kopf, als könnte er nicht fassen, wie ich mit ihm rede.

„Ich muss mal ins Bad. Soll ich dir ein paar Taschentücher mitbringen?", frage ich, als ich mich von der Couch aufrichte.

Marko schüttelt wieder den Kopf, doch dieses Mal scheint ihm etwas auf der Zunge zu liegen. Als ich die Türklinke zu meinem Zimmer in der Hand habe, kann er sich nicht mehr zurückhalten.

„Wären wir zehn Jahre jünger und noch ein Paar, Franzi, dann würde ich dich jetzt über meine Schulter schmeißen und in mein Bett bringen, um dich angemessen für deine Unverschämtheit zu *bestrafen.* Und du würdest es lieben, wie du es damals geliebt hast, wenn ich dich übers Knie gelegt habe. Hier müsstest du noch nicht einmal versuchen, ruhig zu sein. Keine Nachbarn in der Nähe, die dein Stöhnen hören könnten. Oder stehst du nicht mehr drauf, wenn man dir den Hintern versohlt, Franziska?"

Mir rauscht das Blut in die Wangen, um sich gleich darauf in meinem Unterleib zu sammeln. Nur er schafft es, mit wenigen Worten meinen Schoß zum Pulsieren zu bringen.

„Du solltest so etwas nicht sagen", flüstere ich, ohne ihn anzuschauen.

„Warum nicht?"

Ich spüre seinen Blick in meinem Rücken, doch wenn ich mich zu ihm drehe, komme ich noch auf dumme Ideen.

„Hast du schon vergessen, was ich dir vorhin erzählt habe? Dass ich Mutter bin."

„Natürlich nicht. Mütter haben also keinen Sex mehr? Die Info ist mir neu."

Er ist unverbesserlich. Das Gespräch driftet mir zu sehr in eine Richtung, in der es nicht mehr nur Theorie ist, und damit bin ich gerade überfordert. Dieses Mal bin ich diejenige, die nur kommentarlos den Kopf schüttelt, bevor ich endlich ins Bad verschwinde. Nachdem die Tür hinter mir ins Schloss gefallen ist, schütte ich mir erst einmal kaltes Wasser ins Gesicht, um meine erhitzten Wangen abzukühlen.

Ich werde mich gleich ins Bett verabschieden, denn sonst kann ich für nichts garantieren. Es ist mir unverständlich, warum er immer noch eine solche Wirkung auf mich hat, doch ich kann heute nicht mehr neben ihm sitzen.

6.

Am nächsten Morgen bin ich vor Marko wach. Es ist erst sechs Uhr und noch stockdunkel draußen. Ich weiß nicht, wann er letzte Nacht in Bett gegangen ist, auf jeden Fall habe ich gehört, dass er irgendwann noch mal für eine Weile vor der Tür war. Obwohl es mir unheimlich ist, hier alleine zu sein, bin ich schließlich vor Erschöpfung eingeschlafen, bevor er zurück war. Dass er wieder da ist, sehe ich nur daran, dass seine Jacke an der Garderobe hängt und seine Schuhe neben meinen stehen. Außer er ist letzte Nacht nackt in den Wald gerannt, aber so schlimm war unser Abend dann eigentlich auch nicht.

Da die Heizung offenbar noch nicht angesprungen ist und ich keine Ahnung davon habe, wie die Thermostate funktionieren, zünde ich den Kamin an. Nachdem ich die Kaffeemaschine gestartet habe, hole ich mein Handy aus dem Zimmer, um Tilly eine Nachricht zu schreiben.

Hab einen wundervollen Tag, mein Herz. Ich hab dich lieb.

Ich glaube nicht, dass sie schon wach ist. Ihr Vater wird sie wohl in spätestens einer halben Stunde wecken, damit sie noch genug Zeit hat, vor der Schule zu frühstücken. Mathilda ist zum Glück kein Morgenmuffel und zieht sich jeden Morgen zügig an. Egal, wie früh es ist. Trotzdem wird sie meine Nachricht wahrscheinlich frühestens heute Mittag lesen, da sie ihr Smartphone in der Schule nur im Notfall benutzen darf und anschließend erst, wenn sie ihre Hausaufgaben erledigt hat. Manchmal antwortet sie mir, manchmal nicht. Aber das ist okay. Mir ist nur wichtig, dass sie weiß, sie ist in meinen Gedanken, auch wenn wir nicht zusammen sind. Zum Glück ist ihr Vater Robert der beste Papa, den ich mir unter den gegebenen Umständen für sie wünschen konnte. Sonst hätte ich mich nie auf dieses geteilte Erziehungsmodell eingelassen, wenn ich ihm nicht vertrauen könnte. Natürlich hatten wir eine Anpassungsphase, in der auch mal die Fetzen flogen, aber inzwischen haben wir einen angenehmen Rhythmus, der vor allem für Tilly gut ist.

Eine halbe Stunde nachdem ich es mir mit einem Kaffee auf der Couch gemütlich gemacht habe, kommt Marko aus seinem Zimmer. Er sieht noch völlig verschlafen aus. Seine Haare stehen auf einer

Seite wild ab und liegen dafür an der anderen platt am Kopf. Er hat einen Kissenabdruck von der Nase bis zum Ohr.

Außerdem trägt er nur eine Pyjamahose.

„Guten Morgen, Schlafmütze“, sage ich und grinse ihn an. Ich kann einfach nicht anders. In diesem Zustand sieht er wieder zehn Jahre jünger aus, abgesehen von dem angedeuteten Sixpack und den breiten, muskulösen Schultern. Damals war er etwas schlanker, aber auch eindeutig nicht so trainiert.

Marko erwischt mich natürlich prompt dabei, wie ich ihn anstarre.

„Guten Morgen, Hübsche. Gefällt dir, was du siehst?“, fragt er mit einem müden Lächeln. Demonstrativ streckt er sich im Türrahmen, bevor er auf mich zukommt und sich neben mich auf die Couch fallen lasst. Er weiß genau, wie gut er aussieht. Das wusste er immer schon.

„Nichts, was ich nicht schon unzählige Male gesehen hätte“, antworte ich, um sein Ego nicht noch mehr zu streicheln.

Marko grinst vielsagend und nimmt mir die Tasse aus der Hand, nur um enttäuscht festzustellen, dass sie leer ist.

„Da ist noch Kaffee in der Maschine“, sage ich.

„Klingt gut. Aber ich glaube, ich gehe doch lieber erst duschen. Und dann habe ich einen Vorschlag, was wir heute machen könnten. Wenn du Lust hast."

Bevor ich fragen kann, was es ist, verschwindet er auch schon wieder in seinem Zimmer.

Solange er unter der Dusche steht, mache ich uns Frühstück. Marko kommt zwanzig Minuten später in die Küche und gießt neben mir für uns beiden frischen Kaffee nach, derweil ich das Rührei aus der Pfanne auf unseren Tellern anrichte. Gemeinsam setzen wir uns an den Tisch, wo ich ihn abwartend ansehe. Er weiß genau, wie neugierig ich bin und wie schlecht ich Spannung aushalte.

„Also, was ist der Plan?", frage ich ungeduldig, noch bevor er sich ein Brötchen nehmen kann.

„Wie abenteuerlustig bist du heutzutage noch?"

„Das klingt, als wäre ich schon achtzig Jahre alt", antworte ich augenrollend.

„Okay, junge Frau. Wie du willst. Ich weiß, der Deal ist ja eigentlich, dass wir die Woche hier im Haus verbringen, aber ich habe gestern Abend im Schuppen hinterm Hause ein Motorrad entdeckt. Die Kiste ist nicht mehr ganz neu, läuft aber noch sauber. Zwei Helme liegen auch dort. Ich habe schon mit Phil gesprochen. Das Teil ist von seinem

Sohn, aber es ist okay, wenn wir damit einen kleinen Ausritt machen. Was sagst du? Ab morgen soll es nochmal einen richtigen Wintereinbruch mit Schnee geben und das wäre heute unsere vorerst letzte Chance."

„Hast du einen Motorradführerschein?", frage ich verwundert, denn ich habe keinen und er früher zumindest auch nicht.

„Ja, seit ein paar Jahren. Ich hab allerdings schon lange keine eigene Maschine mehr. Irgendwann stand sie nur noch in der Garage, weil ich einfach nicht mehr dazu gekommen bin. Also? Hast du Lust?"

„Du suchst doch nur nach einem Grund, damit ich mich an dich presse und meine Arme um dich schlinge."

Marko sieht mich von unten herauf an und grinst durchtrieben. „Ja, das auch."

Es wäre so einfach, sich wieder anzunähern. Doch es steht zu viel zwischen uns und das ist ihm hoffentlich auch bewusst.

„Wenigstens muss ich mir bei der Sorte von Anfassen keine Sorgen machen, dass wir plötzlich unsere Kleidung verlieren." Auch wenn mein Körper nach etwas anderem schreit. Es ist so lange her, ich kann mich kaum erinnern, wann ich das letzte Mal auf diese Weise berührt worden bin.

„Stimmt wohl. Aber du hast ja noch einige Tage Zeit, falls du mich nackt sehen willst."

„Du willst mich wirklich fertigmachen, oder?"

„Ach, Franzi. Du weißt doch genau, dass ich darauf eigentlich wieder nur eine zweideutige Antwort habe. Trotzdem hätte ich auch Bock auf eine kleine Tour mit dir. Unabhängig vom Körperkontakt."

Vermutlich ist es sogar eine gute Idee, wenn wir heute aus dem Haus gehen, damit wir schon aus Langeweile nicht auf dumme Gedanken kommen.

„Du hast mich überredet. Aber nur, wenn wir vor Einbruch der Dunkelheit zurück sind. Ich will dir nicht unterstellen, dass du ein schlechter Fahrer bist, aber die dunklen Waldwege hier finde ich schon im Auto gruselig genug."

„Da bin ich bei dir. Aber wir haben ja noch den ganzen Tag. Es wird gerade erst hell. Meinetwegen können wir gleich schon aufbrechen. Was hältst du von einem kleinen Spaziergang am Rhein und anschließend Mittagessen? Dann können wir uns ja schon wieder auf den Rückweg machen und es uns hier wieder vor dem Kamin gemütlich machen."

Das klingt gut. Und gefährlich. Warum bin ich nicht einfach am ersten Tag wieder nach Hause gefahren? Es läuft zu gut, das kann nur in Herzschmerz enden.

7.

Ich bin noch nicht oft und schon lange nicht mehr als Sozia auf einem Motorrad mitgefahren, aber ich habe nie vergessen, wie frei man sich dabei fühlt. Auch wenn ich nie den Mut hatte, selbst einen Führerschein zu machen, habe ich es immer genossen, mitzufahren. Darum kann ich mir das Grinsen nicht verkneifen, als Marko die Maschine am Rheinufer bei Königswinter abparkt. Er lässt mich zuerst absteigen und zieht dann seinen Helm ab.

„Sollen wir hierbleiben oder noch bis zum Drachenfels fahren? Bei dem kalten Wetter ist bestimmt nicht viel los, aber ich weiß nicht, ob sich der Aufstieg lohnt. Es ist doch gerade ziemlich neblig hier. Da haben wir nicht viel von der Aussicht.“

„Nein, das ist okay. Hier ist perfekt.“

Marko nickt zufrieden und stellt das Motorrad auf den Ständer. Ich ziehe mir auch den Helm ab, obwohl er das einzige Teil ist, was mir noch etwas Wärme spendet. Ohne richtige Motorradkleidung ist man bei dem Wetter doch ziemlich schnell durchgefroren. Meine Hände hatte ich während der Fahrt in Markos Jackentaschen, wo ich mich festgehalten habe. Er konnte glücklicherweise noch Handschuhe in der Kommode an der Garderobe finden.

Marko schließt die Helme ans Motorrad an. Er stellt sich vor mich und reibt mir über die Oberarme, um mich aufzuwärmen.

„Deine Lippen werden schon blau“, stellt er fest. „Wir sollten dich schleunigst aufwärmen. Da vorne auf dem Schiff ist ein Café. Wollen wir sehen, ob sie einen heißen Kakao für uns haben?“

„Ja, bitte. Ich bin mir nicht sicher, ob noch alle Zehen an meinen Füßen sind, oder ein Teil schon abgefroren ist.“

„Dann los.“ Wie selbstverständlich nimmt er meine Hand und geht mit mir zum Schiff. In solchen Situationen scheint er zu vergessen, dass wir schon lange kein Paar mehr sind. Ich habe keine Motivation, ihn daran zu erinnern, dafür fühlt es sich zu gut an.

Obwohl wir bereits im Haus eine Kleinigkeit gefrühstückt haben, gönnen wir uns noch ein Croissant zum Kakao. Tatsächlich bin ich nach der Fahrt auch schon wieder hungrig. Eigentlich wird das Café in den Sommermonaten als Ausflugsschiff genutzt, doch im Winter liegt es gut beheizt verankert und bietet einen tollen Ausblick auf den

Rhein. So langsam spüre ich wieder etwas anderes als Kälteschmerzen in meinen Gliedmaßen.

„Irgendwie sind wir seit unserer Ankunft nur am Essen oder Faulenzen. Wenn das so weiter geht, dann brauche ich nach dieser Woche eine Kleidergröße mehr", stelle ich fest.

Marko zuckt mit den Schultern. „Mehr Kurven, mehr Spielfläche. Aber wenn dich das wirklich stört, dann weiß ich eine perfekte Weise, das ganze Essen abzutrainieren."

„Fang nicht schon wieder an", warne ich ihn und kann mir ein Grinsen doch nicht verkneifen.

„Keine Ahnung, was du meinst, aber ich rede von Spazierengehen. Natürlich kannst du auch mit mir joggen gehen."

„Danke, nein. Ich erinnere mich zu gut, dass du jede sportliche Betätigung zu einem Wettkampf machst. Da kann ich nicht ansatzweise mithalten."

„Kann ich dich etwas fragen?" Marko schaut mich abwartend an.

„Klar. Du kannst es zumindest versuchen."

„Ich bin ganz ehrlich. Dass ich so lapidar nebenbei von dir erfahren habe, dass du ein Kind bekommen hast, war ein bisschen schmerzhaft. Aber ich verstehe den Grund, warum du es mir nicht direkt auf die Nase binden wolltest. Die ganze Situation verwirrt mich und ich habe das Gefühl, es geht dir ähnlich. Einerseits ist es manchmal noch so vertraut zwischen uns, andererseits ist ein Jahrzehnt keine Kleinigkeit. Wir sind nicht mehr die Menschen, die wir damals waren. Dennoch spüre ich immer noch jede Menge zwischen uns. Geht es dir auch so? Sei bitte ehrlich."

Er hat damals schon sein Herz auf der Zunge getragen. Die meisten Frauen beklagen sich, wenn ihre Männer keine Emotionen zeigen. Mir war es bei ihm manchmal zu viel, denn er schluckte natürlich auch die negativen Gefühle nicht herunter. Das konnte beizeiten wirklich anstrengend sein, besonders zum Ende hin.

„Mathilda, meine Tochter, ist das Allerwichtigste für mich. Sie ist auch der Teil meines Lebens, den ich, so gut es mir möglich ist, gegen jede Art von Drama abschirmen werde. Natürlich weiß ich, dass auch Kinder lernen müssen, dass im Leben nicht immer alles rosig ist. Trotzdem werde ich nicht zulassen, dass sie in auch nur etwas ansatzweise Vergleichbares hereingezogen wird, was sich damals zwischen uns abgespielt hat. Sie ist ein großartiges Mädchen und hat sich so unglaublich gut entwickelt, obwohl sie bei getrennten Eltern abwechselnd aufwächst. Ich werde nicht zulassen, dass sie sich mit meinen Liebesdramen auseinandersetzen muss."

Marko setzt an, etwas zu sagen, doch ich unterbreche ihn gleich wieder.

„Ich bin noch nicht fertig. Jetzt, wo ich das losgeworden bin: Ja, ich fühle es auch. Aber ich habe keine Ahnung, was ich damit anstellen soll. Außerdem hast du mir das Herz gebrochen, Marko. Das kann ich nicht vergessen."

Sobald wir auf unsere Vergangenheit zu sprechen kommen, merke ich, wie sehr mich das immer noch aufwühlt. Ich dachte wirklich, dass ich es überwunden hätte.

Marko macht Anstalten nach meiner Hand zu greifen, zieht jedoch im letzten Moment zurück.

„Es tut mir so leid, Franzi. Da ist verflucht viel schiefgelaufen. Ich habe zu spät reagiert. Ich hätte für dich da sein müssen."

Auf diese Worte habe ich lange gewartet, doch nach der Zeit geben sie mir nicht so viel Erleichterung, wie ich gehofft hatte.

„Du hast mich allein gelassen. Ich musste eine Freundin fragen, ob sie mich zu dem Termin fährt, weil du einfach in der Versenkung verschwunden bist."

Obwohl wir leise reden, bin ich froh, dass wir gerade die einzigen Gäste hier sind. Ich mag keine öffentlichen Szenen.

„Ich weiß, es ist keine Entschuldigung, aber ich war überfordert. Du warst dir so sicher, dass du das Baby nicht wolltest, dass jedes Gespräch sinnlos schien. An dieser Entscheidung hab ich mich schlicht nicht beteiligt gefühlt und vielleicht habe ich darauf nicht gut reagiert."

So etwas höre ich zum ersten Mal. Damals hat es sich nur so angefühlt, dass er mich eiskalt fallen lässt, in dem Moment, als es anstrengend wurde.

„Soll das heißen, du wolltest dieses Kind?"

Marko sieht mich erschrocken an. „Was? Nein. Also vielleicht. Nein, eigentlich nicht. Zu dem Zeitpunkt war das aber irrelevant, weil du mich überhaupt nicht gefragt hast. Du hattest deinen Abtreibungstermin schon, da wusste ich noch nicht mal, dass du schwanger bist. Was hätte ich denn noch sagen sollen? Ich habe ja gar keine Chance bekommen, mich damit weiter auseinanderzusetzen."

„Marko, wir waren fast zwei Jahre ein Paar. Davon hast du aber schon anderthalb gebraucht, um dir darüber klar zu werden, ob es überhaupt etwas Ernstes ist. Selbst, als du schon praktisch bei mir eingezogen warst, wolltest du unsere Beziehung nicht richtig definieren, weil du uns dafür zu jung fandest. Wie hätte ich denn davon ausgehen sollen, dass du ein gemeinsames Kind möchtest? Als ich dich über die Schwangerschaft informiert habe, da bist du einfach verschwunden und zwei Tage später erst wieder aufgetaucht, nur um deine Sachen bei mir zu holen. Wie genau soll ich den mit jemandem eine lebenslange Verantwortung teilen, der so reagiert?" Meine Stimme zittert. Diese Worte hätten schon vor langer Zeit ausgesprochen werden müssen.

Verschämt sieht Marko auf seine Hände. „Ich hab es richtig verkackt, das weiß ich", flüstert er.

Ich schaue zu den Kellnerinnen hinter der Bar, die uns verstohlen beobachten. Auch wenn wir uns nicht anbrüllen, ist wohl deutlich zu sehen, dass etwas nicht stimmt.

„Rückblickend weiß ich, dass ich sicherlich nicht alles richtig gemacht habe. Aber dass du mich in der Situation völlig allein gelassen hast, das hat mich für lange Zeit richtig übel aus der Bahn geworfen. Ich hatte eine böse, selbstzerstörerische Phase, nachdem du weg warst. Versteh das nicht falsch, dafür will ich dir nicht die Schuld geben. Das lag bei mir, mich in den Griff zu kriegen. Aber der Bruch war definitiv die Ursache und so etwas darf für mich nie wieder passieren. Das kann ich mir nicht mehr leisten."

„Ich verstehe", sagt er nickend und nimmt meine Hände. „Es tut mir leid, dass ich dich verletzt habe. Das war niemals meine Absicht. Franzi, ich hoffe inständig, dass ich genug dazugelernt habe, um so einen Fehler nie mehr zu machen. Ich war hilflos, aber das warst du genauso. Wir waren noch so verdammt jung. Es ist dennoch unverzeihlich, dass ich nicht an deiner Seite war.“

Ich wünschte, das hätte er damals zu mir gesagt.

8.

Vielleicht war die Idee des Radiosenders doch nicht so großartig, denn ich mag mir nicht vorstellen, wie es wäre, wenn ich die Zeit mit einem Fremden eingepfercht verbringen müsste. So traumhaft die Umgebung und das Haus selbst auch sind, bekommt man ziemlich schnell Lagerkoller. Im Sommer ist es sicher ein bisschen anders, wenn man die Türen und Fenster auflassen und den Tag am See verbringen kann.

Mit Marko den Trip nach Königswinter zu machen, war genau das, was ich nach anderthalb Tagen im Haus gebraucht habe. Wir haben großartig gegessen und sind durch die Altstadt geschlendert. Marko hat bei jeder Gelegenheit meine Hand genommen und meistens habe ich ihn gelassen. Trotzdem bin ich nicht bereit, wie ein frisch verliebtes Pärchen durch die Gegend zu flanieren. Auch wenn ich mir wahrscheinlich selbst etwa vormache, fühlt es sich nicht richtig an. Noch nicht? Wir haben noch ein paar Tage, es herauszufinden.

Als wir am frühen Nachmittag zurückkommen, verdunkelt sich der Himmel. Für den Sonnenuntergang ist es noch zu zeitig, die dichte

Wolkendecke sieht eher so aus, als könnte sie Schnee bringen.

Ich steige hinter Marko vom Motorrad und sehe ihm dabei zu, wie er die Maschine in den Schuppen rollt. Wieder bin ich vollständig durchgefroren, doch er hat den Schlüssel zum Haus, sonst würde ich schon reingehen und den Kamin anmachen.

Mit Schwung schließt Marko die Schuppentür und geht lächelnd auf mich zu. „Komm, du Frostbeule. Ab ins Warme mit dir", sagt er und schiebt mich vor sich her.

„Ich brauche dringend eine heiße Dusche. Kann ich deine benutzen? Ich habe nur eine Wanne in meinem Badezimmer, aber danach ist mir gerade nicht."

„Klar doch. Soll ich mitkommen?", fragt er, während er die Eingangstür aufschließt.

Im Eingang streifen wir uns die Schuhe ab und ich sehe ihn mit schiefgelegtem Kopf an. „Deine Verführungskünste waren irgendwann mal weniger platt und offensichtlich, mein Lieber."

„Was soll ich sagen, ich bin aus der Übung", sagt er schulterzuckend. „Aber dafür helfe ich dir gerne aus der Jacke. Schließlich bin ich ein Gentleman."

Ehe ich protestieren kann, streift er sie mir über die Schultern und hängt sie an die Garderobe neben seine.

„Ich habe nie etwas anderes behauptet“, sage ich, als ich vor ihm in die Küche gehe, um einen Schluck Wasser zu trinken. Während ich mir ein Glas eingieße, lässt Marko sich auf die Couch fallen und beobachtet mich.

„Hast du Hunger?“, fragt er. „Soll ich uns später noch etwas kochen?“

„Nein, das ist echt nicht nötig. Ich bin jetzt noch satt vom Mittagessen“, antworte ich kopfschüttelnd. „Wenn wir später noch was wollen, können wir ja mal den Süßigkeitenvorrat plündern, wenn dir das reicht.“

„Ja, das klingt nach einem Plan. Ich wollte nur nicht, dass du später behauptest, ich würde mich nicht um dich kümmern“, sagt er und zwinkert mir zu.

„Niemand hat behauptet, dass du das musst. Aber wenn du unbedingt etwas für mich tun willst, dann wäre nachher ein Tee toll, wenn ich aus der Dusche komme.“

„Wird gemacht, meine Hübsche.“

Gerade sieht er eigentlich eher so aus, als würde er jeden Moment einschlafen.

Das Fenster in Markos Bad war leider den Tag über geöffnet und der ganze Raum ist eiskalt. Dass ich mich hier ausziehen muss, fühlt sich wie eine Strafe an.

Es dauert einen Moment, bis das warme Wasser auf meiner Haut nicht mehr schmerzt. Ich bin so durchgefroren, dass sich meine Glieder steif anfühlen. Erst nach einigen Minuten erreicht mein Körper wieder ansatzweise so etwas wie eine normale Betriebstemperatur und ich komme mir nicht mehr vor wie eine arthritische Achtzigjährige. Der Raum ist hoffentlich aufgeheizt, wenn ich fertig bin, denn erneut in die Kälte raus, das ertrag ich heute kein weiteres Mal. Dann schlaf ich halt unter der Dusche.

Eigentlich versuche ich, solche Wasserverschwendung zu vermeiden, aber heute habe ich mir sicherlich eine halbe Stunde unter dem laufenden Wasser gegönnt. Vorhin wollte ich mich so dringend aufwärmen, dass ich nicht darüber nachgedacht habe, mein Duschgel und Shampoo zu holen. Also blieb mir nichts anderes übrig, als das Zeug von Marko zu benutzen, doch ich mag den Geruch an mir. Es riecht zwar anders als an ihm, aber nicht unangenehm.

Zum Glück sind wir hier großzügig mit Handtüchern und Badelaken ausgestattet, sodass ich nicht wieder meine schmutzigen Klamotten anziehen muss, um den Raum verlassen zu können. Frische Wäsche hatte ich in meiner dringenden Suche nach Wärme nämlich auch vergessen.

Mit einem Handtuch um die Haare gewickelt und eingehüllt in ein Badelaken tapse ich ins Wohnzimmer. Marko sitzt im Halbdunkeln auf der Couch, ein Blick auf das Handy in seiner Hand fixiert. Auf dem Tisch steht eine Kanne Tee auf einem Stövchen und zwei Tassen. Den Kamin hat er auch angezündet.

„Ich ziehe mir nur schnell was an", sage ich und versuche, in mein Zimmer zu entkommen, bevor ihm auffällt, wie leicht bekleidet ich bin.

„Warte", sagt er und legt das Telefon weg. Er dreht sich zu mir und streckt eine Hand nach mir aus.

Wie ferngesteuert gehe ich auf ihn zu. „Was ist los?", frage ich. Obwohl der Raum vom Feuer erwärmt ist, fühlt sich der Boden immer noch eisig unter meinen Füßen an.

„Ich möchte dich sehen. Ist das okay?", fragt er, als ich seine Hand nehme. Er hat sich zwischenzeitlich auch umgezogen und ist in eine gemütliche Jogginghose gewechselt. Da er nur ein T-Shirt trägt, ist ihm offensichtlich nicht so kalt gewesen. Wobei es einem vor dem Feuer schon ziemlich schnell sehr warm werden kann.

„Was möchtest du denn genau sehen?“, frage ich verlegen. Obwohl alle wichtigen Körperteile bedeckt sind, fühle ich mich vor ihm nackt. Das könnte auch an seinem intensiven Blick liegen, mit dem er mich abcheckt.

„Wenn du mich so fragst: alles.“ Er setzt sich aufrecht hin und zieht mich zwischen seine Knie.

„Marko, was tust du da?“

„Sag du es mir. Was darf ich denn tun?“, fragt er mit rauer Stimme und sieht bittend zu mir auf.

„Wenn du mich so fragst, dann brich mir nie wieder das Herz. Ich habe keine Kraft, das noch einmal auszuhalten.“

Marko schüttelt den Kopf. „Ich kann dir nicht garantieren, wie das Leben weiter läuft, Franzi. Das kann niemand. Aber ich werde alles tun, damit es nicht mehr so wird wie früher. Wir haben hier gerade die perfekte Gelegenheit herauszufinden, ob noch etwas zwischen uns ist, und ich finde, die Chance sollten wir nicht verstreichen lassen.“

Vernünftig wäre, jetzt abzubrechen und morgen nach Hause zu fahren. Damit Tilly weiterhin das stabile Zuhause hat, welches ihr zusteht. Weil sie zu jung ist, um in der ganzen Geschichte auch noch verletzt zu werden. Weil ich vielleicht für eine Weile nicht die Kraft haben werde, eine gute Mutter zu sein, wenn ich ihn schon wieder verliere.

Doch meine Vernunft hatte sich bereits verabschiedet, als ich bei unserem Ausflug ständig auf seinen Mund gestarrt habe, weil ich mich unentwegt frage, ob er immer noch so gut küsst. Es ist egal, was zwischen uns geschehen ist, in seiner Anwesenheit habe ich mich stets sicher gefühlt und diese Wirkung hat er auch heute noch auf mich.

Ich wickele mir das Handtuch vom Kopf und schüttele meine feuchten Haare aus. Marko scheint immer noch auf eine Antwort von mir zu warten, doch die bekommt er nicht in verbaler Form, sondern als ich mich rittlings auf seinem Schoß niederlasse. Das Badelaken, in das ich mich gewickelt habe, wird nur von einem losen Knoten an meinem Dekolleté gehalten.

Das scheint ihm auch gerade bewusst zu werden, denn er sieht lächelnd zwischen uns und dann in mein Gesicht.

„Du bist hinreißend, Franzi. Sag mir, dass ich das nicht nur träume."

Behutsam lege ich meine Hände auf seine Wangen, damit sein Blick nicht wieder abschweift.

„Bevor wir das tun, muss ich es ansprechen, weil ich mir nicht sicher bin, welche Erwartungen du hast. Mein Körper ist nicht mehr derselbe, schließlich bin ich keine zwanzig mehr und habe ein Baby bekommen. Mir ist klar, dass du das in Theorie weißt, aber sowas bringt eben Veränderungen mit sich und ich will nicht, dass du enttäuscht bist."

Marko runzelt die Stirn, als könnte er nicht verstehen, wovon ich rede.

„Warum sagst du so etwas?", fragt er verwirrt. „Für wie oberflächlich hältst du mich? Egal, was da unter diesem Badetuch steckt, bist du wunderschön. Daran hat sich nichts geändert."

Er gibt mir keine Chance weiter zu diskutieren und packt mich stattdessen an den Hüften, um mich noch fester auf sich zu ziehen. Auch wenn er es in dieser Position nicht sehen kann, dürfte ihm bewusst sein, dass ich kein Höschen trage, während er seine Erektion an meinen Schoß presst. Nur mit Mühe unterdrücke ich ein Stöhnen.

„Spürst du das? Du hast noch die gleiche Wirkung wie damals. Du bist perfekt, Franzi. Alles, was du an dir bemängelst, macht dich in meinen Augen nur interessanter. Wir sind beide zehn Jahre älter geworden, das ist lediglich ein Fakt und kein Kritikpunkt."

„Ich hasse es, wenn du recht hast."

Marko lacht. „Tust du nicht. Du hasst es nur, wenn du Unrecht hast."

In diesem Augenblick wird mir schmerzlich bewusst, wie sehr ich ihn vermisst habe und wie gut wir zusammen sein konnten.

Erst als Marko mit dem Daumen über meine Unterlippe streicht, wird mir bewusst, dass ich nervös daran kaue.

„Darf ich dich küssen?“, flüstert er, obwohl sich unsere Nasenspitzen schon fast berühren.

„Erscheint dir die Frage nicht etwas absurd, wo ich bereits halbnackt auf deinem Schoß sitze.“

„Keineswegs. Ich will nur, dass du dich nicht zu irgendetwas gedrängt fühlst.“

Es fällt mir leichter, ihm zu zeigen, dass das nicht der Fall ist. Darum schließe ich die letzte Distanz zwischen uns und drücke einen Kuss auf seine Unterlippe. Marko zieht hörbar die Luft ein und zögert. Doch seine Zurückhaltung hält nicht lange vor. Sekunden später küsst er mich zurück, mit einer Dringlichkeit, die mir den Atem raubt. Als er mich mit seiner Zunge neckt und mit meiner spielt, kann ich ein Stöhnen nicht unterdrücken.

„Schlafzimmer?“, fragt er, als ich kurz auf Abstand gehe, um Luft zu bekommen.

„Ja, bitte.“ Meine Antwort klingt so flehend, dass es schon peinlich ist.

Grinsend packt er mich unter dem Po und steht mit mir auf, als würde ich nichts wiegen. Ich schlinge meine Beine fest um seine Taille, und küsse seinen Hals, während er mich in sein Zimmer trägt. Dort legt er mich behutsam auf dem Bett ab und zieht sein

Shirt über den Kopf. Fasziniert beobachte ich, wie er sich über mir abstützt und mein Schlüsselbein küsst.

„Darf ich dich sehen? Alles von dir?“, fragt er und spielt mit dem eingedrehten Frotteestoff über meiner Brust. Statt einer Antwort beiße ich mir auf die Lippe und nicke. Marko scheibt sich zwischen meine Schenkel und kniet sich hin. Er öffnet das Badelaken und schiebt es von meinem Körper. Jetzt bin ich vollständig entblößt vor ihm und ich sehe nichts als Bewunderung in seinem Blick. Mit den Fingern zeichnet er meine Kurven nach. Der langen Narbe über meinem Venushügel schenkt er besondere Aufmerksamkeit, doch er scheint keineswegs angeekelt. Diese Stelle ist eine meiner größten Unsicherheiten, denn sie ist leider nicht so perfekt verheilt.

Als er über die Außenseite meiner Brüste streichelt, stellen sich meine Nippel auf. Ich winde mich auf der Bettdecke und weiß nicht, wo ich mit meinen Händen hin soll. Dass er sich über mich beugt und einen Nippel nach dem anderen einsaugt und mit der Zunge umkreist, macht es nicht besser.

„Marko“, keuche ich und fahre durch seine Haare. „Ich finde, du hast noch viel zu viel an.“

Grinsend steigt er von mir, zieht seine Jogginghose mit Boxershorts herunter und steht nun nackt vor mir. Ich kann nicht anders, als mich aufzusetzen und ihn in den Mund zu nehmen. Langsam lecke über seine Eichel und nehme den Teil in die Hand, der nicht in meinen Mund passt. Marko kommt mir stoßweise entgegen, doch seine Bewegungen werden direkt sporadischer. Bald zieht er sich keuchend zurück und drückt mich aufs Bett, um sich über mich zu schieben.

„Habe ich etwas falsch gemacht?“, frage ich verunsichert. Er lacht. „Ganz im Gegenteil. Aber du solltest eigentlich noch wissen, dass es meine Schwachstelle ist. Zumindest wenn es dein Mund ist.“

Er rutscht ein Stück nach unten und nimmt eine meiner Brustwarzen in den Mund, die sich unter seiner Liebkosung gleich wieder zusammenziehen.

„Hast du Gummis dabei?“, frage ich. Ich nehme zwar die Pille, aber das ist für uns ja bereits schon einmal schief gegangen.

Nickend greift er in die Schublade seines Nachttischs und legt eine Folienpackung an den Bettrand. Augenblicklich setzt er seine Liebkosungen fort und küsst eine Spur an meinem Bauch herunter. Seine Fingerspitzen folgen der Spur seiner Küsse, und schließlich drückt sich seine Zunge zwischen meine Schamlippen. Mit den Fingern teilt er sie vorsichtig und kreist mit seiner

Zungenspitze um meine Klitoris. Stöhnend kralle ich mich ins Bettlaken.

Marko macht so lange weiter, bis er mich kurz vorm Höhepunkt hat und grinst mich zufrieden an, weil ich wimmernd um mehr bettele.

„Du willst mehr?“, fragt er, während er sich geschickt das Kondom überzieht.

Er greift in meine Kniekehle, winkelt mein Bein an und sieht mich abwartend an.

Ich kann nur nicken, also positioniert er sich und dringt mit einem Stoß tief in mich ein.

Wimmernd klammere ich mich an seinen Oberarmen fest. Marko stützt sich mit den Ellbogen neben meinem Kopf ab und streicht mir die Haare aus der Stirn.

„Das wolltest du?“, flüstert er. Sein Blick ist verhangen, und er bemüht sich sichtlich, sich nicht zu bewegen.

„Ich will es nicht nur, ich habe es unfassbar vermisst.“

Das Kribbeln in meinem Unterleib ist schon fast unerträglich. Es ist beinahe zu einfach für ihn, mich zu einem Höhepunkt zu bringen. Ich streiche durch seine Haare und stöhne schamlos, als er sich endlich bewegt.

Marko keucht an meinem Hals. Ehe ich meine Hand zwischen uns schieben und mich selbst zum

Orgasmus bringen kann, hat er uns auf dem Bett herumgerollt. Trotz zitternder Beine setze ich mich auf und finde langsam in einen Rhythmus. Ich lege meinen Kopf in den Nacken und stütze mich mit den Händen auf seinen Brustkorb. Marko packt meine Hüften und kommt mir bei jedem Stoß entgegen. Das Ziehen in meinem Unterleib wird fast unerträglich. Ich lege mich auf Markos Brust und vergrabe mein Gesicht an seinem Hals. Unablässig stößt er in mich. Durch den veränderten Winkel wird der Druck auf meinen Kitzler verstärkt. Jetzt gibt es kein Zurück mehr.

Marko spürt, dass ich um ihn pulsiere. Er nimmt mein Gesicht in seine Hände und zwingt mich, ihn anzusehen.

„Zeig es mir", fordert er. Er hält mich aufrecht und schaut mir die Augen, während er mich weiter fickt. Ich hänge in seinem Griff und lasse meinen Körper von den Wellen meines Höhepunkts überrollen.

Bevor ich mich erholen kann, dreht Marko mich auf den Bauch und dringt von hinten in mich ein. Wimmernd liege ich unter ihm und lasse mir nur zu willig gefallen, was er mit mir macht. Immer heftiger stößt er in mich und lässt meiner Erregung gar keine Chance abzuflachen. Er schiebt eine Hand unter meine Hüfte und kreist mit zwei Fingern um meinen

Kitzler. Ein zweites Mal verliere ich die Kontrolle, bevor ich sie auch nur vollständig zurückerlangt habe.

Marko küsst meinen Nacken und wird immer fahriger. „Ich komme“, stöhnt er an meinem Ohr. Diese Worte reichen, und er nimmt mich mit über die Klippe.

Um mich nicht zu zerquetschen, rollt er sich sofort von mir herunter und legt sich neben mich. Zärtlich streicht er mir die Haare aus dem Gesicht und grinst mich an.

„Alles okay?“, fragt er ehrlich interessiert.

„Alles bestens, glaube ich. Genaueres kann ich erst sagen, wenn meine Gliedmaße wieder kontrollieren kann.“

Lächelnd streichelt er über meine Wange und zieht die Decke über uns. Er nimmt meine Hand und küsst die Knöchel.

„Marko?“

„Hm?“, antwortet er gedankenverloren.

„Das hier hat mir gefehlt. Du hast mir gefehlt.“ Es ist so hart, dass zuzugeben. Aber es ist auch nur fair. Sollte hieraus mehr werden, dann gibt es noch viele Dinge, die wir aufarbeiten müssen.

„Ich habe nie aufgehört, dich zu vermissen“, flüstert er und nimmt mich in die Arme, um mich aufs Haar zu küssen. Seine Worte ziehen an meinem

Herz. Ich weiß noch nicht, ob das etwas Gutes ist oder wieder nur die Vorzeichen für den Schmerz, den er hinterlassen wird.

9.

Wenn Marko schläft, dann sieht er so jung aus wie damals. In der Morgendämmerung neben ihm im Bett könnte es auch einer der vielen Sonntage sein, an denen wir nach einer Partynacht gemeinsam aufgewacht bin. Der gestrige Tag hat einiges geändert. Jetzt ist das passiert, was ich eigentlich immer vermeiden wollte: Ich muss mich wieder intensiver mit dem befassen, was damals vorgefallen ist.

Letzte Nacht haben wir nicht mehr daran gedacht, die Vorhänge zuzuziehen, deswegen wird schnell klar, warum es um diese frühe Uhrzeit bereits so hell ist. Es schneit, und das offenbar schon seit einer Weile. Die kleine Lichtung, auf der das Haus steht, ist komplett unter einer weißen Decke verschwunden. Trotz des besinnlichen Anblicks hoffe ich, dass es nicht weiter eskaliert und wir so stark eingeschneit werden, dass uns in drei Tagen niemand hier abholen kann. Mit unserer Motorradtour haben wir gestern wirklich noch großes Glück gehabt. Hätte der Schneefall auf dem Rückweg begonnen, wäre es ziemlich gefährlich geworden.

Vorsichtig krieche ich unter der Decke hervor und stehe aus dem Bett auf. Marko grummelt vor sich hin und dreht sich auf die andere Seite. Ich nehme das Handtuch vom Boden und wickele mich darin ein, bevor ich in mein Zimmer gehe, um mir etwas anzuziehen.

Der Wohnbereich ist schon wieder völlig ausgekühlt und auch mein Schlafraum ist nicht viel wärmer. Ich vermisse meine Fußbodenheizung daheim. Außerdem vermisse ich Tilly, die bis jetzt nicht auf meine Nachricht geantwortet hat. Auch wenn sie in dieser Woche sowieso nicht bei mir wäre, fühlt sie sich hier noch entfernter an. Das liegt sicher auch daran, dass hier mit Marko meine Vergangenheit präsent ist, von der sie nie ein Teil war.

Mit frischer Kleidung im Arm gehe ich ins Bad, um mich anzuziehen. Eigentlich wollte ich nur kurz auf Toilette, doch ich habe dummerweise gestern auch vergessen, das gekippte Fenster zu schließen, weswegen ich sofort wieder anfange zu frieren. Um Marko nicht mit der Dusche in seinem Bad zu wecken, lasse ich mir ein Bad ein. Eigentlich mag ich den Geruch der letzten Nacht noch nicht von meiner Haut waschen, doch eine heiße Wanne ist gerade einfach zu verlockend.

Während das Badewasser einläuft, benutze ich die Toilette und putze mir die Zähne. Das Gesicht im Spiegel ist mir fremd. So rosig und zufrieden. Glücklich.

Nachdem ich mir den Mund ausgespült habe, klopft es.

„Komm rein“, rufe ich über das Rauschen des Wassers.

Marko steckt den Kopf zur Tür herein.

„Guten Morgen Hübsche. Ich hab nur gehört, dass das Badewasser läuft und wollte schauen, ob alles gut bei dir ist – nach letzter Nacht.“

Lächelnd wische ich mir den Mund am Handtuch ab und drehe mich zu ihm. Erst jetzt erkenne ich, dass er immer noch völlig nackt ist. Ihm ist offensichtlich nicht kalt.

„Es ist alles in Ordnung. Ich friere mir in diesem Haus nur den Hintern ab und nehme deswegen jetzt ein Bad. Bis dahin ist hoffentlich die Heizung angelaufen. Hast du gesehen? Es hat geschneit.“

„Hab ich gesehen. Wenn ich dir verrate, dass ich weiß, wie man das Thermostat hochstellt und das jetzt schnell tue, darf ich dann mit in die Badewanne gehen.“

„Du weißt, wie man die Heizung hochdreht? Warum friere ich mir dann bereits den dritten Tag den Hintern ab?“, rufe ich ihm hinterher, denn er hat bereits den Raum verlassen, als hätte ich schon zugestimmt, dass er mit mir badet.

Der Schaum steht uns bis zur Nasenspitze. Ich hab wohl bei der Dosierung des Badezusatzes etwas den Wasserdruck unterschätzt. Doch ich bereue nichts, denn hier in Markos Armen fühle ich mich in unserem Schaumberg wie auf unserer eigenen kleinen Wolke.

„Darf ich dir etwas verraten?", fragt Marko leise und küsst meine Schläfe.

„Natürlich", sage ich, wobei ich mir gar nicht so sicher bin, ob ich es hören möchte.

„Ich hab in den letzten Jahren oft an dich gedacht. Der Gedanke, was hätte sein können, hat mich nie wirklich losgelassen. Das war damals alles so dumm und hätte anders laufen müssen. Als ich dich hier gesehen habe, hab ich gedacht, mein Herz bleibt stehen. Ich hatte echt das Gefühl, ich fantasiere, weil das einfach nicht wahr sein konnte. Eigentlich glaube ich nicht an Schicksal, Fügung oder so einen Quatsch, aber ein bisschen fühlt es sich schon so an. Jahrelang hab ich es vermieden, dich in den sozialen Medien zu suchen, weil ich für uns beide diese Wunde nicht mehr aufreißen wollte. Wir waren so jung damals, viel zu jung, um das Richtige tun zu können. Es tut mir so leid, Franzi.

Dass ich dich im Stich gelassen habe, werde ich mir niemals verzeihen."

Er hat keine Ahnung, wie sehr ich diese Worte gebraucht habe, aber er fängt meine Tränen auf, als ich mich in seinen Armen zusammenrolle.

Meine Erwartungen an die Tage hier waren nicht hoch, doch dass sie Potential haben könnten, mir das Herz zu brechen, von demselben Kerl, der es vor einem Jahrzehnt bereits geschafft hat, hätte ich sicher nicht gedacht. Auch wenn es nicht seine Absicht sein mag, bin ich noch nicht überzeugt davon, dass es nicht wieder im Desaster endet. Gerade beobachte ich ihn dabei, wie er uns Abendessen aufwärmt, während ich an der Küchentheke sitze, an meinem Rotwein nippe und zwischendurch den Schneefall draußen betrachte.

„Wenn das so weiter geht, dann müssen sie uns mit Schneemobilen hier rausholen", kommentiere ich meine Beobachtungen.

„Oder wir müssen noch eine Woche dranhängen." Grinsend dreht er sich zu mir.

„Das wäre eine Lösung, wenn ich Zuhause nicht andere Verpflichtungen hätte", erinnere ich ihn.

„Stimmt, das wäre nicht gut. Sorry, ich muss mich daran gewöhnen, dass du nicht so frei bist wie ich."

„Ich weiß, was du sagen willst, aber bei dir klingt es so, als hätte mir die Mutterschaft Fußfesseln verpasst." Manche Mütter mögen das so empfinden und ich kann das sogar nachvollziehen, aber durch die gute Elternbeziehung zu Mathildas Vater habe ich mich zumindest nie gefühlt, als würde ich die ganze Last alleine tragen. Auch wenn es selbstverständlich sein sollte, ist es das halt heutzutage oftmals immer noch nicht. Darum bin ich froh, dass mir unsere gut funktionierende Regelung, die natürlich auch schon Phasen der Nachjustierung hatte, eine Beziehung zu meiner Tochter ermöglicht hat, die nicht permanent von Sorgen belastet ist.

„Das hab ich so nicht gemeint. Aber es ist nun mal eine Tatsache, dass in deinem Leben berechtigterweise eine Person an erster Stelle steht, die mehr braucht als eine Zusicherung, dass du sie lieb hast. Worte sind wertlos, wenn sie nicht von Taten begleitet werden. Zumindest das habe ich in den letzten Jahren gelernt."

Irgendwie habe ich das Gefühl, wir reden hier nicht mehr nur über Tilly.

„Wann bist du so weise geworden?", frage ich zwinkernd. Es fällt mir immer noch schwer, mit ihm über meine Tochter zu reden. Sie ist die eine Sache, mit der er mich brechen kann. Wenn sie verletzt wird, dann garantiere ich für nichts. Darum kann ich gerade nur vom Thema ablenken, bevor es zu sehr ins Detail geht.

„Seit die Haare an meinen Schläfen grau werden, glaube ich. Möchtest du etwas Brot zum Chili?" Abwartend sieht er mich an.

Wahrscheinlich bin ich die Meisterin der paradoxen Gefühle, aber in diesem Augenblick bin ich wahnsinnig glücklich, dass wir uns wieder getroffen haben.

10.

Sechs Tage, in denen wir nicht viel Zeit verloren haben, uns wieder nahezukommen. Dennoch haben wir es vermieden, darüber zu reden, wie es hier nach weiter geht. Marko wohnt immer noch in Mönchengladbach und nur ein paar Straßen von meiner Wohnung entfernt. Es ist eigentlich ein Wunder, dass wir uns vorher nicht öfter über den Weg gelaufen sind.

Ich bin noch nicht bereit, den Koffer zu packen, doch es nützt nichts, es weiter aufzuschieben. In spätestens einer Stunde wird der Fahrdienst vor der Tür stehen und uns einsammeln wollen.

Marko hat sich heute ganz früh aus meinem Bett geschlichen. Auch wenn er versucht hat, leise zu sein, hat er mich geweckt. Der Schnee ist schon wieder fast vollständig verschwunden, also ist er joggen gegangen. Ich habe mich schlafend gestellt, bis ich hören konnte, wie er die Tür hinter sich geschlossen hatte. Obwohl ich am liebsten in mein Kissen geheult hätte, habe ich mich aufgerafft und für uns Frühstück gemacht, das wir in einer angespannten Stille eingenommen haben. Wir finden beide keine Worte. Dabei sollte das nicht so schwer sein.

Da ich es nicht länger hinauszögern kann, schmeiße ich bockig meine Kleidung in den Koffer. Im Bad werfe ich alle Utensilien in meinen Kulturbeutel, den ich irgendwie noch in eine freie Ecke meines Gepäcks stopfe. Mir ist nach einem Trotzanfall, wie Tilly sie im Kleinkindalter bevorzugt in der Öffentlichkeit aufgeführt hat. Irrational wütend ist genau das, was ich gerade fühle.

„Ich habe noch dein Duschgel bei mir gefunden." Markos Stimme lässt mich erschrocken zusammenzucken. Ich habe nicht gehört, dass er hereingekommen ist.

„Danke", sage ich und es nehme es ihm aus der Hand, ohne ihn anzusehen.

„Hast du auf dem Schirm, dass wir nächste Woche den Interviewtermin im Sender haben?", fragt er, während er mir dabei zusieht, wie ich meinen Koffer schließe.

Natürlich habe ich das nicht vergessen, auch wenn ich es am liebsten ignorieren würde.

„Hab ich", antworte ich nickend.

„Und gerade suchst du schon nach Ausreden?"

„Du nicht?"

„Nein, Franzi. Ich nicht. Nur bin ich mir nicht sicher, ob wir vorher nicht noch ein paar Dinge bereden sollten? Zum Beispiel ob, und wenn ja, wie das hier weitergeht. Wir haben uns in den letzten

Tagen das Hirn rausgevögelt, aber keiner von uns hat sich getraut, über eine eventuelle Zukunft zu reden."

„Zukunft? Ist das nicht ziemlich weit vorgegriffen? Ich kann dir keine Versprechungen machen, wie das weitergeht."

Seufzend lasse ich mich auf der Bettkante nieder und schaue zu ihm auf.

„So meine ich es nicht. Ich will keinen Plan für die nächsten zehn Jahre. Für den Augenblick möchte ich nur wissen, ob ich dich wiedersehen darf oder ob das hier alles gewesen ist."

„Ich hab ein Kind, Marko. Du hast einmal sehr deutlich gemacht, dass das nicht deiner Zukunftsplanung entspricht. Aber das ist jetzt meine Ausgangssituation, die ich nicht rückgängig machen kann oder will. Mein Leben besteht meistens aus Arbeit und Zeit mit Mathilda. Da ist nicht viel Platz für Abenteuer und großartige neue Erfahrungen. Meine wenige Freizeit besteht aus dem Bezwingen von Wäschebergen und Serienmarathons auf Netflix, sobald Tilly abends die Augen schließt. Wenn sie nicht bei mir ist, versuche ich so viel wie möglich zu arbeiten, damit ich in ihrer Anwesenheit weniger Stunden machen kann. Diese Woche hier war die absolute Ausnahme von der Regel." Ich habe mein Bestes gegeben, meine Worte nicht wie einen Vorwurf klingen zu lassen, aber Markos verletzter Blick sagt mir, dass mir das nur bedingt gelungen ist.

„Gestern war doch noch alles in Ordnung. Warum bist du jetzt so wütend?“, fragt er mit Enttäuschung in der Stimme. Er setzt sich neben mich und sieht mich abwartend an.

„Ich weiß nicht, wie du das ernsthaft fragen kannst. Da ist noch so viel offen zwischen uns, aber wie du selbst feststellst, haben wir es mal wieder nicht geschafft, wie Erwachsene darüber zu reden. Stattdessen haben wir es totgeschwiegen, als würde es dadurch verschwinden. Genauso, wie wir es stets gemacht haben und wodurch alles so geendet hat. Damals habe ich mir geschworen, dass ich dir nie vergeben werde, dass du mich in dieser schweren Zeit alleine gelassen hast. Ich war mit der Situation genauso überfordert, aber gemeinsam wäre es leichter gewesen, glaube ich.“

Marko lässt die Schultern hängen.

„Ich will keinen Streit, Franzi. Unsere Tendenz, uns bei der kleinsten Kleinigkeit verbal an die Gurgel zu gehen, dafür sind wir doch jetzt echt zu alt. Trotzdem muss ich anmerken, dass ich nicht der Böse in der ganzen Nummer bin. Nicht alleine. Du hattest deine Entscheidung schon getroffen und den Termin gemacht, ehe ich überhaupt eine

Möglichkeit hatte, mich damit auseinanderzusetzen. Du hast mir gar keine Chance gegeben. Dennoch gebe ich dir recht, dass ich dich damit komplett alleine gelassen habe und das tut mir bis heute ehrlich leid. Ich hoffe wirklich, du verzeihst mir mein dummes und egoistischen Verhalten irgendwann."

Draußen fährt mindestens ein Auto vor, doch Marko nimmt den Blick nicht von mir.

„Wenn wir gewusst hätten, auf wenn wir hier treffen, dann hätten wir uns wenigsten mental darauf vorbereiten können. Aber dir hier so überraschend zu begegnen, nach der langen Zeit, das waren so viele Gefühle auf einmal. Ich konnte das überhaupt nicht sortieren. Hätte ich es vorher gewusst, dass wir uns sehen, wäre es vielleicht nicht so weit gekommen."

„Bereust du es?", fragt er betrübt.

„Keine Minute", antworte ich sofort.

„Das ist gut. Denn für einen Moment hatte ich die Hoffnung verloren, dich noch einmal wiederzusehen. Werde ich dich wiedersehen, Franzi?"

„Das wäre schön. Aber verstehst du, dass ich jetzt erst einmal ein paar Tage brauche, um all das zu verdauen."

Seufzend lässt Marko den Kopf hängen. Schließlich blickt er wieder auf und schenkt mir ein halbes Lächeln.

„Das kann ich akzeptieren. Auch wenn ich sehr hoffe, dass du es dir in der Zwischenzeit nicht anders überlegst."

Das werde ich wahrscheinlich, bei meiner Tendenz alles zu zerdenken. Aber ich bin mir auch sehr sicher, dass nur eine Nachricht vom ihm reicht, damit ich wieder schwach werde.

11.

Die ersten beiden Nächte zurück in meiner Wohnung waren hart. Mit Marko in einem Bett zu schlafen hat sich viel zu schnell natürlich angefühlt. Den kalten Platz neben mir habe ich nur schwer ertragen. Doch das ich meine Tilly wieder habe, macht alles besser.

Die sitzt gerade am Frühstückstisch und grinst mich über einer Schüssel Corn Flakes an. Sie liebt es, bei ihrem Vater zu sein und ist trotzdem jedes Mal glücklich, wenn sie wieder hier ist.

Heute ist Sonntag, wir haben einen gemütlichen Tag geplant und ich freue mich darauf, den Tag mit meinem Mädchen zu verbringen. Draußen regnet es in einer Tour, also haben wir einen Disney-Marathon verabredet, mit heißem Kakao und Keksen. Heute Abend habe ich ihr Pizza versprochen. Der perfekte Tag, um wieder zuhause anzukommen, bevor die neue Schulwoche startet.

„Hast du alle Hausaufgaben fertig?", frage ich, während ich mir einen frischen Kaffee eingieße.

„Na klar, hab ich doch immer", antwortet Tilly mit einem Schulterzucken. Normalerweise bekomme ich sie nie mit offenen Erledigungen von ihrem Papa zurück. Da er mit seiner Frau vor ein paar Monaten noch einmal Vater geworden ist, höre ich trotzdem vorsichtshalber mal nach. Bisher war das aber gar nicht nötig. Auch wenn man die Ablenkung mit einem neuen Baby durchaus verstehen könnte, schenkt er Mathilda nach wie vor die notwendige Aufmerksamkeit. Obwohl ich ihm sogar angeboten hatte, dass er Tilly in den ersten zwei Monaten nur an den Wochenenden nimmt, damit sie Zeit haben, sich an das neue Leben mit Baby zu gewöhnen, hat er das strikt abgelehnt. Mathilda soll sich auf keinen Fall zurückgesetzt fühlen, das war ihm von Beginn an wichtig. Er ist ein toller Papa und darüber bin ich auch neun Jahre später jeden Tag dankbar. Viele Leute in unserer Situation bekommen das nicht so gut hin.

Manchmal sticht es dennoch ein bisschen, dass seine zweite Tochter in einer *normalen* Familie aufwachsen darf. So gut das System für uns doch funktioniert, hätte ich mir das immer für unser Kind gewünscht. Nur kann man Liebe halt nicht erzwingen und bei uns war, abgesehen von der Anziehung eines One-Night-Stands, nie auch nur so etwas wie ein Funke zwischen uns.

„Wie geht es denn Stella?“, frage ich. Tilly ist verrückt nach ihrer Halbschwester und redet normalerweise erst einmal über nichts anderes, wenn sie von ihrer Papawoche zurückkommt.

„Gut, hoffe ich. Sie spricht ja noch nicht“, antwortet meine Tochter trocken.

„Du bist ja mal wieder so witzig heute“, sage ich lachend und strubbele ihr durch die blonden Locken.

Erneut grinst sie mir mit vollem Mund entgegen. Trotz aller Anstrengungen lässt dieses Mädchen immer noch jeden Tag mein Herz aufgehen und ich möchte das Leben mit ihr um keinen Preis gegen ein anderes tauschen.

Nachdem Mathilda um acht Uhr fast mit einem Stück Pizza in der Hand vor dem Fernseher eingeschlafen wäre, habe ich sie ins Bett geschickt. Nur mit viel Überredungskunst könnte ich sie vom Zähneputzen überzeugen. Leise räume ich unsere kleine Wohnung auf und werfe noch eine Maschine Wäsche an. Als ich sicher bin, dass sie schläft, gieße ich mir ein Glas Wein ein und nehme es mit ins Badezimmer. Während ich mir ein Schaumbad einlasse, ziehe ich mein Handy aus der Hosentasche, wo ich es schon den ganzen Tag auf lautlos gestellt mit mir herumtrage. Immer, wenn Tilly von ihrem Vater zurückkommt, stelle ich erst einmal alles zurück und kümmere mich nur um sie. Selbst Anfragen aus meinem alten Job, ob ich nicht spontan eine Schicht übernehmen könnte, habe ich stets ignoriert. Das ist unsere Zeit und die lasse ich mir nicht nehmen. Noch genießt es meine Tochter, mit mir viel Zeit zu verbringen, und ich werde das auskosten, solange es möglich ist. Irgendwann in naher Zukunft wird sie ein Teenager sein und sich weiter abnabeln, doch bis dahin nehme ich noch alles mit, was irgendwie geht.

Ein Blick auf mein Telefon lässt jetzt jedoch mein Herz klopfen. Marko hat mir über den Tag verteilt mehrere Nachrichten geschickt.

Ist nach 48 Stunden genug Zeit verstrichen, um sich wieder zu melden? Was sind da die Datingregeln?

Ich seh schon, es war wohl zu früh. Okay, ich versuche es später noch einmal.

Wie ist es jetzt?

Hilf mir aus der Patsche, Franzi. Ich weiß doch gar nicht mehr, wie das geht.

Okay, ich sag es, wie es ist. Ich vermisse dich wie verrückt und ich hoffe so sehr, dass ich dich ganz bald wiedersehen darf. Aber jetzt höre ich auf, dich zu nerven. Meld dich, wenn du kannst und magst.

Sein Monolog bringt mich zum Grinsen. Ich entledige mich meiner Kleidung und lasse mich seufzend ins warme Badewasser sinken. Bevor ich ihm antworte, nehme ich erst einmal einen kräftigen Schluck Wein.

48 Stunden sind nicht zu früh, aber der Sonntag in der Tilly-Woche gehört nur uns beiden. Da ist sie ganz streng. (Und ich auch.)
Ich hatte das Handy stummgeschaltet, hab dich aber nicht bewusst ignoriert. Wie geht es dir? (Ja, du fehlst mir auch.)

Schreibst du immer in Klammern, wenn du etwas nur ungern zugibst, Franzi? Das wäre tatsächlich eine Eigenschaft, die mir neu ist.

Bist du immer noch so vorlaut, Marko? Das wäre mir nämlich nicht neu.

Er sieht mein Lachen nicht und ich hoffe, er versteht, dass ich es nicht böse meine.

Nur bei dir, meine Hübsche.

Statt einer Antwort schicke ich ihm ein Selfie, auf dem ich ihm die Zunge herausstrecke. Mir ist natürlich bewusst, dass er darauf erkennen kann, dass ich mich in der Wanne befinde, auch wenn das Bild kein Stück mehr Haut als unbedingt nötig zeigt. Seine Reaktion kommt prompt.

Du bist nackt oder? Natürlich bist du nackt. Willst du mich fertigmachen?

Warum regst du dich so auf? Nichts, was du nicht schon mehrfach gesehen hättest.

Falsche Herangehensweise. Für mich ist es alles, was ich zu gerne wiedersehen und berühren möchte. Ich weiß, du hast gesagt, dass du etwas Abstand brauchst, aber wann darf ich dich treffen?

Ich will ihn ja auch sehen, doch ich wüsste gar nicht, wie ich das mit Tilly regeln soll. Egal was passiert, sie bekommt er so schnell nicht zu Gesicht.

Wie gesagt bin ich nächste Woche noch mit meiner Tochter beschäftigt. Aber in der folgenden Woche gerne.

Auch wenn ich dann von meinem Job erst einmal ziemlich erledigt sein werde, glaube ich nicht, dass ich es länger aushalte, ihn nicht zu sehen.

Ich erinnere dich nur ungern, aber wir müssen Ende der Woche noch in den Sender zum Interview. Außerdem glaube ich nicht, dass ich es so lange ertrage, dich nicht küssen zu können.

Marko, ich hab dir gesagt, es ist für mich nicht so einfach. Der Interviewtermin ist schon organisiert, aber ansonsten bin ich die ganze Woche mit Mathilda eingespannt.

Ich habe das nicht vergessen, Franzi. Trotzdem versuche ich gerade, andere Wege zu finden. Was ist mit morgen früh? Hast du Zeit, mit mir frühstücken zu gehen? Du hast doch noch frei und deine Tochter ist bestimmt bis zum Mittag in der Schule bzw. im Kindergarten, oder nicht?

Bei seiner Formulierung wird mir bewusst, dass er noch nicht einmal weiß, wie alt Tilly ist. Wir haben so wenig darüber gesprochen, hauptsächlich, weil ich immer wieder ausgewichen bin. Es liegt nicht daran, dass er nicht interessiert wäre, sondern dass ich deutlich gemacht habe, wie sehr ich mein Kind vor allem schützen möchte, was zwischen uns schief gehen könnte und ich ihn deswegen sofort abgebügelt habe, wenn das Thema aufkam.

Bis halb zwölf hätte ich Zeit. Das heißt, wir müssten uns recht früh treffen.

Das ist perfekt. Meine Schicht endet um sieben. Wenn ich auf der Wache dusche, dann schaffe ich es bis acht Uhr. Passt dir das?

Halb neun wäre besser. Um kurz vor acht muss ich Tilly an der Schule abliefern. Dann würde ich direkt von da aus losfahren. Wo sollen wir uns denn treffen?

In meinem Bett, wenn du mich fragst. Aber versuchen wir es erst einmal mit einem Frühstück in der neuen Markthalle auf dem Kapuzinerplatz. Was sagst du?

Das ist zum Glück gar nicht weit weg von Mathildas Schule. Dann muss ich nicht hetzen.

Klingt gut, das wollte ich sowieso bald mal ausprobieren. Und wenn du nicht zu sehr trödelst, dann kannst du mir ja vielleicht trotzdem noch dein Bett zeigen.

Wenn du nicht möchtest, dass ich für den Rest der Nacht mit einem Ständer vor meinen Kollegen herumlaufe, dann darfst du mir wirklich nicht solche Versprechungen machen.

Die Chance kann ich mir nicht entgehen lassen, darum schicke ich ihm noch ein Ganzkörperfoto von mir im Schaumbad, obwohl von dem Schaum schon nicht mehr viel übrig ist.

Du böses, böses Mädchen. Gute Nacht, Franziska.

Ich hoffe, deine restliche Schicht wird nicht zu „hart“. Gute Nacht, Marko.

12.

Ich sehe ihn bereits von weitem, noch bevor er mich bemerkt. Obwohl er sich nicht so stark in den letzten Jahren verändert hat, hätte ich ihn ohne unsere Woche in der Waldhütte vermutlich nicht spontan erkannt. Sein Lächeln mag noch das Gleiche sein, doch sein Körper ist absolut nicht mehr der eines schlaksigen jungen Mannes. Während früher das Partymachen seine Priorität war, hält er sich heute für den Job fit und das macht sich bemerkbar.

Da wir beide etwas zu zeitig dran sind und er noch völlig in sein Handy vertieft ist, beschließe ich, mich anzuschleichen. Selbst als ich direkt hinter ihm stehe, nimmt er mich nicht wahr.

„Na, in letzter Zeit irgendwelche Kätzchen von Bäumen geholt?“, frage ich direkt neben seinem Ohr. Vor Schreck rutscht ihm das Smartphone aus den Fingern, doch er fängt es wieder auf, bevor es auf dem Boden landet.

„Jesses, Franzi, willst du mich umbringen?“, fragt er und fasst sich dabei theatralisch an die Brust.

„Da hab ich mich noch nicht entschieden. Mal sehen, wie es läuft.“

Erst starrt er mich erschrocken an, doch dann wird sein gesamtes Gesicht von einem Grinsen eingenommen.

„Du machst mich fertig“, sagt er kopfschüttelnd, bevor er mich in die Arme schließt.

Ich weiß, es ist absurd, doch fast hätte ich ihn im Reflex weggeschoben, als hätten wir eine verbotene Affäre und ich müsste Angst haben, dass uns jemand erwischt. Doch im letzten Moment beherrsche ich und lasse es zu. Ich bin mir nicht sicher, ob ich so verkorkst bin oder unsere Grundsituation, doch ich bin eine erwachsene Frau und werde wohl noch Dates haben dürfen. Okay, wäre Tilly in der Nähe, dann hätte ich ihn wahrscheinlich wirklich weggedrückt.

„Worauf hast du Lust?, fragt er, nachdem er sich von mir gelöst hat. „Wir können in der Markthalle frühstücken, wie du vorgeschlagen hast. Allerdings hat mir ein Kollege das neue amerikanische Diner auf der Waldhausener Straße empfohlen. Das sind ja nur ein paar Meter von hier.“

„Gibt es da Pancakes und Bacon?“, frage ich mit einem kindlichen Enthusiasmus, der Marko wieder zum Lächeln bringt.

„Ganz bestimmt. Also ist das deine Wahl?“

„Auf jeden Fall.“

Als ich mich von ihm abwenden will, um die kurze Strecke zu laufen, hält er mich am Arm zurück.

„Was ist?“, frage ich irritiert.

Er nimmt meine Hand und verschlingt unsere Finger miteinander.

„Ist das okay?“, fragt er.

Es ist albern. Wir haben schon so viel mehr getan als diese unschuldige Berührung, doch mir steigt Hitze in die Wangen und mein Hals wird ganz trocken vor Aufregung. Darum nicke ich nur und lasse es sogar zu, dass er mir einen zärtlichen Kuss auf den Mundwinkel drückt, bevor wir uns auf den Weg machen.

Das Frühstück war köstlich, doch ihm gegenüberzusitzen war eine Qual. Er hat keinen Moment ausgelassen, um mich subtil daran zu erinnern, wie gerne er mich lieber gerade nackt in seinem Bett hätte. Natürlich hätte ich empört reagieren können, doch da ich während der ganzen Zeit für ihn offensichtlich nervös die Schenkel aneinander gerieben habe, brauchte er keine Bestätigung, dass wir auf einem Level sind.

Darum sitze ich eine halbe Stunde später in seiner Küche und schaue ihm zu, wie er uns Kaffee macht. Dabei schiebt es nur das Unausweichliche auf. Hinzu kommt, dass ich nicht mehr viel Zeit habe, bevor ich gehen muss. Ich möchte ihn schütteln oder am liebsten direkt ins Schlafzimmer ziehen, doch er genießt es offensichtlich, mich zu foltern.

„Auf jeden Fall hast du in den letzten Jahren so etwas wie einen Ordnungssinn entwickelt", kommentiere ich den Zustand seiner Wohnung.

Marko dreht sich zu mir um und sieht mich mit hochgezogenen Augenbrauen an. „Wenn ich mich recht erinnere, warst du immer diejenige, die an verschiedenen Stellen im Bad ihre BHs zum Trocknen aufgehängt und sich gar nicht erst die Mühe gemacht hat, sie anschließend in den Kleiderschrank zu räumen."

„Es wäre ja auch merkwürdig, wenn du BHs tragen würdest. Dafür habe ich nie dreckige Kaffeetassen in der ganzen Wohnung verteilt oder meinen Papierkram in kleinen Stapeln auf der Dielenkommode gelagert."

Marko verschränkt die Arme und lehnt sich an die Arbeitsplatte. Das Aufblitzen in seinen Augen kann ich immer noch einordnen. Er wird sich vielleicht noch ein bisschen von mir ärgern lassen, ehe mir eine *Strafe* droht.

„Der Papierkram hatte System. Für die Kaffeetassen habe ich keine Entschuldigung."

Hinter ihm blubbert die Kaffeemaschine in den letzten Zügen, bevor sie fertig ist, doch er nimmt den Blick nicht von mir.

„Für die Kleiderhaufen rund um dein Bett wahrscheinlich auch nicht."

„Die sind auch nicht mehr da. Soll ich es dir zeigen?", fragt er grinsend. In die *Falle* bin ich mit Anlauf gerannt.

„So dringend muss ich das nicht wissen", sage ich und gebe mir alle Mühe, ein ernstes Gesicht zu wahren.

„Bist du dir da sicher?", fragt er und kommt auf mich zu.

„Kommt drauf an, ob es dort noch etwas Spannendes zu sehen gibt."

Marko zieht mich vom Stuhl hoch in seine Arme.

„Das musst du schon selbst herausfinden", flüstert er in mein Ohr. Der Bass seiner Stimme verursacht mir Gänsehaut.

Meine Hände wandern unter seinen Pullover, mit den Fingerspitzen fahre ich die Konturen seines definierten Rückens nach.

„Franzi", sagt er mit einem warnenden Unterton. Obwohl es ihn stets entspannt, wenn ich seine Rückseite kraule, erregt es ihn auch gleichermaßen.

„Marko?“, frage ich mit Unschuldsmiene, dabei fühle ich bereits, wie er hart wird.

Seufzend schüttelt er den Kopf. „Du machst mich fertig, Hübsche.“

„Das ist meine Lebensaufgabe, falls du es noch nicht mitbekommen hast.“ Ich lasse meine Lippen über seinen Hals streifen und sauge seinen vertrauten Duft ein. Vorsichtig schiebt er seine Hände in meine Jeans und streicht über die empfindliche Haut meiner Pobacken.

Als sich unsere Lippen treffen, stöhnt er auf. Marko nimmt seine Hände wieder zurück. Er öffnet den Knopf an meiner Hose und zieht langsam den Reißverschluss runter. Seine Hand fährt in mein Höschen und lässt die ausgestreckten Finger auf meiner Scham ruhen. Auf der dringenden Suche nach etwas Reibung winde ich mich unter seiner Berührung, bis er endlich Gnade mit mir hat.

Behutsam massiert er meinen Kitzler und verteilt dabei die angesammelte Feuchtigkeit, während er meinen Mund küsst und langsam an meinem Hals herunterwandert. Mit der freien Hand zieht er mein Shirt hoch und das BH-Körbchen nach unten, bevor er sanft in den freigelegten Nippel beißt. Ich stöhne auf und kann nicht viel mehr tun, als mich an ihm festzuhalten. Vorsichtig knabbert er an meinem Ohrläppchen und streicht mit der Zunge hinterher.

Er zieht die Hand aus meiner Hose, worauf ich einen klagenden Laut von mir gebe. Auch ich will seine Hosen öffnen und ihn befreien, doch er nimmt meine Hände und dreht mich um. Er beugt mich vor und zwingt mich so, mich auf dem Küchentisch abzustützen. Langsam zieht er meine Jeans und den Slip nach unten. Ich höre das Rascheln von Stoff und das Knistern von Folie.

„Willst du mich?", fragt er, auch wenn das vielleicht ein wenig spät kommt. Er nimmt meine Haare zu einem Zopf zusammen und zieht meinen Kopf nach hinten.

„Fick mich", fordere ich. Bevor ich den Satz beenden kann, schiebt er seine Zunge in meinen Mund und ist schon in mich eingedrungen. Er legt eine Hand unter meinen Bauch und bewegt sich langsam in mir. Seine Lippen wandern über meine Schulterblätter, wo er zwischendurch kleine Bisse verteilt. Meine Finger suchen Halt auf der Tischplatte. Marko lässt meine Haare los und nimmt beide Hände, um meine Hüften zu packen und mich härter vögeln zu können. Mein Höhepunkt kommt überraschend schnell und heftig. Ich kann mich kaum auf den Beinen halten. Die letzten Nachbeben reißen Marko mit. Keuchend hält er mich aufrecht und küsst zärtlich meine Schulterblätter.

„Ich wusste ja nicht, dass du in der Küche schläfst", sage ich grinsend, als wir wieder halbwegs zu Atem gekommen sind.

Marko löst sich von mir, entsorgt das Kondom und zieht sich die Hose wieder hoch. Nachdem auch ich mich einigermaßen gerichtet habe, schließt er mich in die Arme und küsst meinen Scheitel.

„Nächstes Mal zeige ich dir mein Schlafzimmer. Wenn wir mehr Zeit haben."

„Das klingt gut." Ich vergrabe mich an seinem Brustkorb und inhaliere noch einmal seinen Duft. Auch wenn das nicht lange reichen wird, um mich mit ihm aufzutanken.

Marko schaut auf mich herunter und sucht meinen Blick.

„War das okay?", fragt er, als ich ihn anschaue. „Eigentlich war es nicht mein Ziel, hier auf dem Küchentisch zu vögeln."

Er hat das immer schon getan: nach dem Sex sicher gestellt, dass es mir gut geht. Was an und für sich selbstverständlich sein sollte, ist leider keine Normalität, wie ich in den letzten Jahren feststellen musste.

„Vollkommen okay. Ich bin ein großes Mädchen und muss nicht jedes Mal mit

Kerzenschein verführt werden. Dafür müsstest du mich aber auch noch gut genug kennen. Vor allem dafür, dass ich nichts mitmache, was ich nicht auch will.“

„Ja, das weiß ich wohl“, antwortet er und küsst meine Nasenspitze. „Aber jetzt musst du deine Tochter abholen.“

13.

„Und, wie geht es nun weiter für euch beide?“ Mit einem verschlagenen Grinsen sieht der Radiomoderator Tobi zwischen Marko und mir hin und her, als wüsste er mehr. Wir haben ihm nur verraten, dass wir uns von früher kennen, aber nicht, dass wir innerhalb kürzester Zeit wieder im Bett gelandet sind. Das muss nun wirklich nicht schon die ganze Welt erfahren.

Marko drückt unter dem Tisch meine Hand, außerhalb der Sichtweite von Tobi. Ich weiß nicht, ob er mich motivieren will, etwas zu sagen, aber ich habe darauf gerade keine Antwort. Nachdem ich ihn hilflos von der Seite angesehen habe, ergreift er das Wort.

„Das muss die Zeit zeigen. Wir sind beide nicht mehr dieselben Menschen wie vor zehn Jahren und haben immer noch einiges aufzuarbeiten. Trotzdem kann ich nur für mich sprechen und sagen, dass wir ein paar wunderschöne Tage hatten. Ich bin glücklich, Franzi nach der langen Zeit wiedergetroffen zu haben und ich hoffe wirklich, dass wir uns in Zukunft noch ganz oft sehen.“

Der Moderator lächelt zufrieden und sieht mich dann erwartungsvoll an. Es ist irgendwann albern, so etwas zu verheimlichen, dennoch muss ich an Tilly denken. Sie sollte es nicht über das Radio oder irgendwelche Klassenkameraden erfahrend. Auch wenn sie alles andere als dumm ist und inzwischen mitbekommen hat, wo ich letzte Woche war, muss sie nicht wissen, wie eng das zwischen Marko und mir ist. Das hat noch Zeit, falls es jemals so weit kommt. Zudem sie sich zwar in Theorie darüber bewusst ist, dass ihre Mutter nicht plant, bis an ihr Lebensende Single zu bleiben, doch der Gedanke daran, dass das jemals real werden könnte, gruselt sie. Ihr Vater hat seine Frau kennengelernt, da war sie erst wenige Monate alt und darum ist es für sie Normalität, doch in unserer kleinen Blase gab es bisher niemanden, der meine Aufmerksamkeit von ihr gelenkt hätte.

„Da kann ich Marko nur zustimmen. Dass wir uns auf diesem Wege wiedersehen, damit hat keiner von uns beiden gerechnet. Darum lassen wir es jetzt erst einmal auf uns zukommen und warten ab, was die Zukunft noch für uns bereithält."

Mit meinem letzten Satz schließt der Moderator das Interview und verabschiedet uns aus dem Studio. Auch wenn man es mir hoffentlich nicht angemerkt hat, war ich sehr nervös. Auf dem Weg nach draußen wische ich meine schweißnassen Hände unauffällig an meiner Jeans ab.

„Ich würde gerne noch kurz bei Phil reinschauen. Kommst du mit oder möchtest du schon zum Auto gehen?“, fragt Marko auf dem langen Korridor Richtung Ausgang.

Verunsichert bleibe ich stehen und halte Marko an der Hand fest.

„Es wäre sicher höflich, wenn ich mich wenigstens kurz für den Gewinn bedanke“, sage ich.

Mit schief gelegtem Kopf schaut er mich an.

„Du sieht ziemlich gestresst aus“, stellt er fest.

„Nicht direkt. Meine soziale Energie ist nur für heute etwas aufgebraucht. Ich war heute früh noch mit Mathilda beim Laterne basteln in der Schule, bevor ich sie zu ihrem Vater gebracht habe. Jetzt will ich eigentlich nur noch auf die Couch mit einem Glas Wein und einer Schüssel Karamelleis. Ist das okay?“

„Wenn da noch ein Platz für mich ist, dann auf jeden Fall. Ich brauche auch nicht lange“, sagt er und legt mir seinen Autoschlüssel in die Hand, bevor er mir einen Kuss auf die Schläfe drückt.

Im Wagen lasse ich mich erst einmal seufzend in den Sitz sinken und schließe kurz die Augen. Obwohl ich mich etwas ausgelaugt fühle, bin ich glücklich. Marko tut mir gut, auch wenn es mir schwerfällt, dass zuzugeben. Dennoch ist mir sehr bewusst, wie dringend wir noch einmal über das reden müssen, was damals schief gelaufen ist, bevor wir eine reale Chance haben, das hier fortzuführen.

Nachdem ich den Klingelton an meinem Telefon wieder eingeschaltet habe, erreicht mich eine Nachricht mit Robert als Absender. Offenbar hatte ich im Gebäude kein Netz. Für einen Moment setzt bei mir Panik ein. Eigentlich meldet er sich nur, wenn etwas passiert ist.

Ein Blick in die Nachricht beruhigt mich aber schnell wieder.

Tilly hat ihren Badeanzug nicht mitgebracht und wir wollten doch am Wochenende ins Aqualand fahren. Können wir den gleich abholen, damit wir nicht vorher noch einen Neuen besorgen müssen?

Klar, kein Problem. Sie wäre sicher auch traurig, wenn sie ihr neues Bronze-Abzeichen nicht zeigen könnte. Das habe ich extra gestern Abend noch aufgenäht. Ich bin gerade unterwegs, aber in zirka einer Stunde wieder zuhause. Ich schreib dir, wenn ich zurück bin.

Marko verlässt das Gebäude des Senders und kommt grinsend und zwinkernd auf mich zu. Lächelnd stecke ich das Handy in die Tasche und beobachte, wie er aufs Auto zuläuft und dabei weiter Faxen macht. Diese jugendliche Unbeschwertheit habe ich immer an ihm geliebt. Es scheint, als könnte ihn nichts so wirklich aus der Fassung bringen - abgesehen von unserer Trennung und den dazugehörigen Umständen. Da habe ich ihn zum ersten und letzten Mal vollkommen neben der Spur erlebt. Auch heute scheint er diese Eigenschaft nicht verloren zu haben. Ich war immer die Ernstere von uns beiden, wenngleich nicht automatisch die Vernünftigere. Mit zwanzig war ich impulsiv und stets für einen Konflikt zu haben. Das hat sich mit der Geburt von Tilly ziemlich abrupt gelegt. Ich musste schnell einsehen, dass man mit dieser Mentalität keinen guten Menschen erzieht. Und es war immer meine Priorität, dass Mathilda ein anständiger Mensch wird.

„Hast du mich schon vermisst?“, fragt Marko grinsend, als er sich neben mich in den Fahrersitz fallen lässt.

„Natürlich. Als wärst du Stunden weg gewesen, wenn nicht sogar Tage“, antworte ich, bevor er mich für einen Kuss heranzieht.

„Dann darf ich doch sicher noch mit hochkommen, wenn ich dich nach Hause bringe? Du hast doch jetzt deine kinderfreie Woche, oder nicht?“ Hoffnungsvoll blickt er mich an und wackelt gleichzeitig anzüglich mit den Augenbrauen. Der Anblick ist so absurd, dass ich lachen muss.

Eigentlich war das sowieso mein Plan, doch jetzt fällt mir wieder ein, warum das zum Problem werden könnte.

„Das ist grundsätzlich eine gute Idee, aber es gibt da eine kleine Komplikation. Robert kommt gleich noch einmal mit Tilly vorbei, weil sie etwas vergessen hat und ich halte es nicht für eine gute Idee, dass ihr euch schon trefft. Das verstehst du doch hoffentlich?“

Es ist einfach noch zu früh dafür. Wir müssen erst herausfinden, was das zwischen uns wirklich ist, bevor ich darüber nachdenken kann, ihm meine Tochter vorzustellen. Außerdem würde ich sie niemals ohne Vorwarnung in solch eine Situation bringen. Auch Robert gegenüber wäre es nicht fair. Er hat immer offen mit mir kommuniziert, wenn er eine neue Person in das Leben unserer Tochter gebracht hat. Bislang war das bei mir nicht der Fall, da alle Beziehungsversuche, die ich in den letzten Jahren gestartet habe, schon nach kurzer Zeit gescheitert sind.

„Natürlich verstehe ich das, Franzi. Mach dir keine Sorgen. Was hältst du davon, wenn ich dich an deiner Wohnung rauslasse und uns etwas zu essen besorge. Du textest mir einfach, wenn du wieder allein bist. Dann komme ich zurück und füttere dich. Anschließend darfst du mir gerne dein Schlafzimmer zeigen.“

„Mein Schlafzimmer? Da gibt es nicht viel spannendes zu sehen“, bemerke ich grinsend.

„Oh, das sehe ich wohl anders“, sagt er, bevor er den Motor startet.

Obwohl wir durch den Feierabendverkehr mussten, haben wir den Heimweg in einer guten halben Stunde geschafft. Als wir in meine Straße einbiegen, ziehe ich das Handy wieder aus der Tasche, um Robert Bescheid zu geben, dass ich zuhause bin. Doch bevor ich die Nachricht abschicken kann, sehe ich ihn bereits vor der Haustür stehen, mit Mathilda im Schlepptau. Mir wird gleichzeitig heiß und kalt. Das war nicht der Plan.

„Kannst du mich hier rauslassen?“, frage ich panisch, bevor er die letzten Meter zu meiner Wohnung zurückgelegt hat. „Halt bitte an!“, sage ich energischer, als er nicht gleich reagiert.

„Aber vor dem Haus ist doch noch eine Parklücke ...“

„Bitte“, flehe ich. „Robert ist schon da. Mit Mathilda.“

Marko muss die Panik in meiner Stimme gehört haben, denn er fährt sofort an den Straßenrand, obwohl er nun im absoluten Halteverbot steht.

„Wovor hast du solche Angst? Ich hätte mich schon nicht persönlich vorgestellt, sondern dich lediglich aus dem Auto gelassen. Ich hab dir gesagt, dass ich das respektiere. Mir ist bewusst, dass das alles noch Zeit braucht“, sagt er, während er aus dem Augenwinkel meine Tochter beobachtet.

„Es tut mir leid, ich bin mit der Situation gerade nur überfordert, weil ich nicht damit gerechnet habe, dass sie ohne Vorwarnung hier aufschlagen. Das muss für dich echt übel wirken. Als würde ich mich für dich schämen. Aber ich kann dir versichern, dass das nicht der Fall ist.“

„Ich weiß, Franzi. Du willst dein Kind schützen. Ich verstehe. Lass uns nachher weiter reden, bevor sie uns noch entdecken und deine Tochter dich hier am Auto begrüßt.“

„Danke“, erwidere ich und steige aus dem Wagen aus. Ohne einen Kuss oder eine andere Art der Verabschiedung.

Ich fühle mich beschissen, als ich auf meine Tochter und ihren Vater zugehe.

„Hey ihr zwei. Ich dachte, ihr wolltet auf meine Nachricht warten. Wie lange steht ihr denn hier schon?“

Robert hat offensichtlich bemerkt, dass ich bei einem Mann aus dem Wagen ausgestiegen bin, doch er kommentiert es nicht. Tilly registriert es zum Glück nicht, denn sie hat anderes im Sinn.

„Noch nicht lange“, antwortet sie. „Ich war mit Papa einkaufen und dann sind wir einfach vorbeigekommen, damit wir nicht nochmal losfahren müssen. Außerdem brauche ich auch noch meine *Switch*. Die hab ich auch vergessen.“

„Sorry“, sage ich an Robert gerichtet. „Nächstes Mal schaue ich wieder mit, wenn sie ihre Sachen packt. Es war etwas stressig heute Morgen.“

„Das sehe ich“, sagt er grinsend und schaut demonstrativ Marko hinterher, der gerade an uns vorbeifährt. „Aber mach dir keinen Kopf, wir waren ja in der Nähe. Sowas kommt vor.“

14.

Eine Stunde später habe ich noch nichts von Marko gehört. Eigentlich bin ich davon ausgegangen, dass er nur etwas zu essen besorgt und dann gleich zurückkommt, da er ja gesehen hat, dass Tilly schon da war und dementsprechend schnell wieder weg sein müsste. Vielleicht haben wir uns aber auch missverstanden. Darum schicke ich ihm eine Nachricht.

Die Luft ist schon längst wieder rein. Sehe ich dich heute noch?

Seine Antwort kommt ein paar Minuten später.

Ich war gar nicht weg und sitze im Auto vorm Haus. Aber ich bin mir nicht sicher, ob ich hochkommen soll.

Warum? Was ist passiert?

Das solltest du mir besser erklären. Ich weiß nur nicht, ob ich es hören will.

Was ist los, Marko? Komm doch bitte hoch.

Ich weiß nicht, was in der letzten Stunde passiert ist, dass ihn so reagieren lässt. Vorhin hatte er noch Verständnis dafür, dass mich die Situation überfordert.

Eine Minute später klingelt es. Ich drücke Marko auf und warte an der Wohnungstür auf ihn. Nur zögerlich kommt er die Treppe rauf und bleibt mit Abstand stehen.

„Kannst du bitte mit mir reden? Ich weiß nicht, was ich falsch gemacht habe“, sage ich und sehe ihn abwartend an.

„Soll ich denn reinkommen oder möchtest du es zum Entertainment für die Nachbarschaft machen?“, fragt er mit einem feindseligen Unterton, der mir eine Gänsehaut beschert.

Sein Verhalten ist mir unerklärlich. Ich gehe einen Schritt beiseite, damit er an mir vorbeigehen kann. Was immer es ist, muss wirklich nicht in der Öffentlichkeit ausgetragen werden.

Nachdem ich die Tür hinter uns geschlossen habe, bleibt er mit verschränkten Armen mir gegenüber stehen. Ich will seine Hand greifen, doch er macht einen Schritt zurück.

„Bitte sag mir, was los ist, Marko. Ich werde hier noch wahnsinnig. Was ist passiert?“

Das hier wird böse enden, wie ich es bereits befürchtet hatte.

„Wir haben nie im Detail darüber gesprochen, wie alt Mathilda ist, da du dem Thema immer wieder ausgewichen bist. Ich wusste zwar, dass sie auf der Grundschule ist, aber aus irgendeinem Grund habe ich mir vorgestellt, sie wäre gerade erst eingeschult worden. Doch als ich sie vorhin gesehen habe, wurde mir klar, dass das nicht sein kann. Entweder ist sie sehr groß für ihr Alter oder sie verlässt bereits im nächsten Schuljahr die Grundschule."

Es stimmt, dass ich dem Thema ganz allgemein ausgewichen bin, doch ich habe immer noch keine Ahnung, worauf er hinaus will.

„Wollen wir uns ins Wohnzimmer setzen und in Ruhe reden? Wenn wir hier rumstehen, dann entschärft das deine Laune nicht gerade. Ich weiß nicht, wo das Problem liegt, aber wenn du es mir sagst, können wir es sicher aufklären." Wieder versuche ich, nach ihm zu greifen, doch er entfernt sich noch weiter von mir.

„Ist Mathilda meine Tochter? Und wag es nicht, mich anzulügen."

Ich hätte mit vielem gerechnet, aber damit sicher nicht. Dabei liegt es rückblickend auf der Hand, dass er diese Vermutung anstellt.

„Du meinst, ich hätte dich angelogen und überhaupt keine Abtreibung durchgezogen? Du musst mich wirklich für sehr gestört halten, wenn du mir so etwas zutraust."

Marko zuckt nur mit den Schultern.

„Dann erklär mir doch, warum du ein Kind hast, welches vom Alter her absolut meins sein könnte."

Mein erster Reflex ist, genauso bockig zu reagieren, wie er es gerade tut, doch ich reiße mich zusammen.

„Weil ich ganz kurz nach dem Schwangerschaftsabbruch wieder schwanger geworden bin", sage ich leise. Mir laufen die Tränen, obwohl ich so gerne mehr Stärke in diesem Konflikt hätte. Es macht mich sauer, dass er mich immer noch so leicht aus der Fassung bringen kann.

Marko scheint eine Weile darüber nachdenken zu müssen, während er mich verwirrt anstarrt. Keine Ahnung, was daran so schwer zu begreifen ist.

„Sie ist wirklich nicht von mir?", fragt er ein weiteres Mal.

„Herrgott nochmal. Nein, ist sie nicht. Ich bin doch keine Psychopathin, die eine Abtreibung vortäuscht und das Kind dann einem anderen Kerl unterjubelt."

„Ich verstehe das nicht", murmelt er kopfschüttelnd.

„Was ist daran nicht zu verstehen?"

„Die Tatsache, dass du mein Baby nicht bekommen wolltest. Dafür aber das von irgendeinem dahergelaufenen Typen, den du gerade mal fünf Minuten kennst."

Er hat keine Ahnung, was ich durchgemacht habe, um Mathilda zu bekommen. Doch das werde ich ihm jetzt nicht mehr erklären. Nicht, während er mich behandelt wie ein Flittchen. Damit wertet er nicht nur mich, sondern auch Tilly ab und das werde ich keine Sekunde länger tolerieren.

„Geh jetzt! Ich hab dir nichts zu sagen. Nicht, solange du mich wie Scheiße behandelst, ohne dass ich irgendetwas falsch gemacht hätte."

Erschrocken über meinen forschen Ton, reißt er die Augen auf, doch er fängt sich schnell wieder.

„Mit Vergnügen", sagt er und wirft drei Sekunden später die Wohnungstür hinter sich zu.

15.

Marko

Es sollte mich nicht so sehr verletzen, was sie getan hat. Die ganze Geschichte ist so lange her. Doch es tut verflucht weh, dass sie ein Kind mit einem anderen haben wollte, den sie kaum kannte, aber ich es offenbar nicht wert war, auch nur ein Gespräch mit mir darüber zu führen.

Ich weiß nicht, wie ich ihr je wieder in die Augen sehen soll.

Es wäre das Beste, ich würde sie einfach vergessen. Das Problem daran ist nur, dass mir das in den letzten zehn Jahren nie vollständig gelungen ist. Selbst jetzt, während ich auf der Wache in der Küche stehe und für mich und meine Kollegen Mittagessen koche, kann ich nur an Franzi denken.

Als sie mir in der Hütte gegenüberstand, hab ich gedacht, mein Herz bleibt stehen. Vielleicht hat sie es nicht gleich gespürt, weil wir beide so geschockt waren, aber ich war so glücklich, sie endlich wiederzusehen.

Anscheinend hat sie recht behalten. Wir können gar nicht anders als immer wieder in alte Verhaltensmuster zurückzufallen und uns bei der kleinsten Krise verbal an die Gurgel gehen. Dabei bin ich nicht so, nur bei ihr, und Franzi geht es ihrer Aussage nach ähnlich. Nichtsdestotrotz habe ich keinen Schimmer, wie ich damit jemals umgehen soll. Ich hätte sie unglaublich gerne wieder in meinem Leben gehabt, doch nach der Wahrheit, die ich gestern erkennen musste, ist mir klar geworden, dass sie mich offensichtlich nie so sehr wollte, wie ich sie.

„Marko, pass auf!", brüllt mein Kollege Remy mir unvermittelt ins Ohr.

„Was ist ... oh." Während ich in Gedanken war, habe ich den übervollen Topf mit Tomatensoße zu heftig gerührt, sodass der Inhalt langsam über den Rand und in die offene Gasflamme getropft ist. Da wir beim letzten Dienst stundenlang auf einem Großbrand beschäftigt waren und mir der Brandgeruch jedes Mal tagelang nachläuft, habe ich erst nicht bemerkt, wie es langsam vor mir anfängt zu qualmen.

„Sorry, ich bin nicht ganz da", sage ich mit einem müden Schulterzucken. Ich schalte den Herd ab und stelle den Topf weg, um mir das Malheur anzusehen, doch so schlimm ist es nicht. „Ich mach das später sauber, wenn wir gegessen haben", kommentiere ich die Sauerei und nehme einen zweiten Topf mit Wasser, um auch die Pasta zu kochen. Dafür verwende ich jedoch vorsichtshalber eine andere Flamme, damit ich nicht noch den Rauchmelder auslöse.

Wenn man auf einer Feuerwache arbeitet, dann kostet das fünf Euro für die Kaffeekasse und bringt einem zusätzlich selbstgefälliges Gefeixe der Kollegen ein. Dafür bin ich heute wirklich nicht in Stimmung. Normalerweise bin ich nicht derjenige, der hier fürs Kochen zuständig ist und das ist im Normalfall auch besser so, aber der Kollege, der am Herd begabter ist, hat leider gerade Urlaub und irgendwer muss die Mannschaft ja füttern.

„Alter, was ist in den letzten Tagen mit dir los?“, fragt Remy, während er den Tisch deckt. „Du bist überhaupt nicht bei der Sache.“

Das gefällt mir gar nicht. Eigentlich hatte ich mir eingebildet, dass ich meinen Job weiterhin gut mache, egal, wie sehr mich die Sache mit Franzi auch ablenkt.

„Keine Ahnung, Remy. Vielleicht bin ich einfach nur wieder urlaubsreif.“

„Hattest du nicht gerade erst eine Woche frei? Da warst du doch mit diesem Mädel in der Waldhütte oder sowas.“

„Oder sowas“, antworte ich und bin erleichtert, dass in dem Moment die restlichen Kollegen von einem kurzen Einsatz zurückkommen, damit wir gleich essen können und ich nicht weiter darüber reden muss.

Franzi hat mich dreimal angerufen, seitdem ich aus ihrer Wohnung gestürmt bin. Einmal sogar mitten in der Nacht, aber ich bin trotzdem nicht rangegangen, obwohl ich Dienst hatte und wach war. Dabei fühle ich mich wie ein Monster. Doch ich weiß einfach nicht, was ich sagen soll. Außerdem habe ich Angst, dass wir uns wieder streiten. Davon hatte ich genug für ein ganzes Leben. Mich mit Franzi zu zoffen, laugt mich emotional aus. Wenn wir so miteinander reden, dann hasse ich mich, und ja, manchmal auch sie ein bisschen. Ich hatte wirklich gehofft, dass wir dieses Verhalten in den letzten Jahren ablegen konnten, doch ich musste feststellen, dass sie es immer noch aus mir herausbringt. Dennoch hasse ich diesen Zustand. Es bereitet mir keinerlei Vergnügen, uns diesem Drama auszusetzen. Dass Absurde ist ja, dass es ihr genauso zu gehen scheint. Ich sehe es ihr an, wie müde sie das macht, Gespräche auf dieses Weise führen zu müssen. Trotzdem kommen wir irgendwie immer wieder an dem Punkt, an dem wir beide nicht zurückkönnen.

Wer weiß, vielleicht hätte uns eine Paartherapie damals gerettet. Aber wer kommt den mit Anfang zwanzig auf die Idee, sich dafür einen Therapeuten zu suchen? In dem Alter und wenn man sich noch nicht wirklich etwas Gemeinsames aufgebaut hat, dann schmeißt man halt hin und macht mit der nächsten Person weiter. Ist vielleicht keine gute Einstellung, doch bei den meisten Leuten eine ziemlich gängige.

Nach meinem Dienst fahre ich beim Supermarkt vorbei, da in meinem Kühlschrank gähnende Leere herrscht. In den letzten Tagen war ich wirklich nicht sehr motiviert irgendetwas anderes, als einen Lieferdienst zu bemühen. Ich fühle mich nur noch wie ferngesteuert. Franzi fehlt mir. Sie fehlt mir so sehr, dass ich nicht mehr klar denken kann. Ich wünschte, ich könnte das einfach aus meinem Gedächtnis streichen, was bei uns schief läuft, und so weiter machen wie zuvor. Die Tage in der Waldhütte waren großartig und ich konnte wirklich eine gute Chance für einen Neustart sehen. Ich habe mich darauf gefreut, Mathilda kennenzulernen, auch wenn das noch ein bisschen mehr Zeit benötigt hätte. Ich wollte Franzi in ihrem für mich neuen Alltag begleiten und die freien Phasen gemeinsam genießen, doch jetzt fühle ich mich so betrogen.

Es ist nicht so, als hätte ich den Gedanken an ein Kind damals sofort bejubelt, trotzdem hätte ich gerne die Chance bekommen, es in Erwägung zu ziehen. Natürlich war es in der letzten Instanz Franzis alleinige Entscheidung, die Schwangerschaft nicht fortzuführen, egal, wie ich dazu gestanden hätte. Vielleicht hätte sie aber ihre Meinung geändert, wenn sie gewusst hätte, dass ich zu ihr stehe.

Ohne einen Gedanken daran zu verschwenden, wie falsch das sein könnte, biege ich auf dem Heimweg in Franzis Straße ein. Es ist bereits dunkel und die Allee, auf der sie lebt, ist nicht besonders beleuchtet. Ich parke meinen Wagen unter einem Kastanienbaum und hoffe, dass sie nicht ausgerechnet jetzt aus dem Haus kommt oder intensiver aus dem Fenster schaut. Obwohl, wenn ich ehrlich zu mir bin, dann möchte ich genau das. Und sei es nur, um einen Blick zu erhaschen. Ich weiß auch nicht, was ich mir davon verspreche. Eigentlich habe ich keine Stalkertendenzen. Dennoch möchte ich wissen, ob sie okay ist, selbst wenn ich es bin, der ihre Anrufe ignoriert.

Die Lichter in ihrer Wohnung sind eingeschaltet, also scheint sie zuhause zu sein. Ich sehe jedoch keine Bewegung hinter den Fenstern. Eigentlich müsste sie jetzt wieder Mathilda bei sich haben, was es umso falscher macht, dass ich mich hier im Dunkeln herumtreibe.

Seufzend starte ich den Motor und mache mich endgültig auf den Heimweg, bevor sie mich noch entdeckt.

16.

In der letzten Woche habe ich fast nichts gegessen, denn ich muss mich zwingen, etwas herunterzuwürgen. Ich schlafe schlecht und in jeder Minute, in der ich alleine bin, möchte ich einfach nur weinen. Es fühlt wie die kurze Episode der Wochenbettdepression an, die ich nach Tillys Geburt hatte. Für meine Tochter halte ich mich aufrecht, aber sobald sie abends im Bett ist, sacke ich in mich zusammen. Ich sitze bis spät in die Nacht vor dem Fernseher und starre doch ins Nichts.

Gerade vermisse ich meine Eltern wie schon lange nicht mehr. Ich habe früh Verantwortung für mein Leben übernommen. Diese Tatsache bedeutet jedoch nicht, dass ich mir in manchen Momenten nicht wünschen würde, noch ein Elternhaus zu haben, in das ich mich zurückziehen könnte. In dem ich getröstet und versorgt werde, bis ich wieder bereit bin, Erwachsensein zu spielen. Das Privileg habe noch viele in meinem Alter und ich beneide sie oft darum.

Es tut so weh, was Marko mir vorgeworfen hat, aber das er meine Anrufe ignoriert, schmerzt am meisten. Ich will ihm erklären, wie das damals für mich war, doch er scheint sich seine Meinung schon gebildet zu haben.

Das Einzige, was mich im Moment aufrecht hält, ist mein neuer Job. Die Arbeit im Hospiz ist genau, wie ich sie mir vorgestellt und gewünscht habe. Darum fällt es mir leicht, während dieser Stunden mein privates Drama so weit zu verdrängen, dass man mich nicht gleich wieder rausschmeißt, weil ich so abgelenkt bin. Für diese Zeit schaffe ich es, ein geduldiges Lächeln aufzubringen und mich empathisch um die Bewohner zu kümmern. Auch wenn die Ringe unter meinen Augen eine andere Sprache sprechen und meinen Schlafmangel demonstrieren.

Heute habe ich das erste Mal miterlebt, wie ein Patient seinen letzten Gang antreten durfte und mit so viel Liebe und Respekt verabschiedet wurde, dass auch bei mir ein paar Tränen flossen. Ich bin so froh, diese Chance bei einem guten Arbeitgeber bekommen zu haben, dass ich alles daran setzen werde, es nicht zu versauen.

Nach meinem heutigen Feierabend habe ich Tilly bei der Nachmittagsbetreuung abgeholt und bin mit ihr zum Abendessen in unsere Lieblingspizzeria gefahren. Auch wenn mein Appetit immer noch zu wünschen übrig lässt, genieße ich diese Zeit mit meinem Kind. Sie liebt es, wenn wir *ausgehen,* und freut sich, wenn sie ihr Essen bestellen und mit den Kellnern schäkern kann. Heute ist mein Enthusiasmus darüber vielleicht nicht so echt wie sonst, doch zum Glück scheint sie noch nicht zu bemerken, wie es mir geht. Meine Verfassung muss sich schleunigst ändern, denn das Mathilda darunter leidet, war genau das, was ich nie wollte.

Nach dem Essen fahren wir nach Hause, wo ich sie direkt unter die Dusche schicke. Währenddessen setze ich mich in die Küche und versuche, eine Einkaufsliste fürs Wochenende zu machen. Tilly geht zwar morgen schon wieder zu ihrem Vater, doch ich kann ja nicht bloß von Toastbrot leben, auch wenn es bei meinem aktuellen Hunger eigentlich ausreichend wäre.

„Kann ich noch einen Pudding haben?", erklingt Mathildas Stimme von der Küchentür. Erschrocken schaue ich von meinem leeren Einkaufszettel hoch. Ich habe nicht gehört, dass sie schon mit dem Duschen fertig ist. Mit nassen, sorgfältig ausgebürsteten Haaren und in ihrem pinken Bademantel steht sie da und schaut mich abwartend an.

„Hast du im Hort alle Hausaufgaben fertig gemacht?", frage ich. Ich hasse es, wenn ich sie damit abends noch belästigen muss, aber manchmal geht es einfach nicht anders.

„Klar, alles erledigt. Aber ich hab noch einen Infozettel für den Elternabend in der Tasche. Ich hol den schnell“, sagt sie und flitzt in ihr Zimmer. Für ihr Alter ist sie unglaublich zuverlässig und ich hoffe sehr, dass das auch so bleibt, sobald die Pubertät stärker durchschlägt.

Während sie im Zimmer in ihrer Tasche kramt, hole ich einen Puddingbecher für sie aus dem Kühlschrank. Als ich die Besteckschublade öffne, um einen Löffel zu nehmen, sehe ich durchs Küchenfenster aus dem Augenwinkel eine Bewegung auf der Straße. Ich kann nicht sagen, warum ich ausgerechnet jetzt genauer nachschaue, wer dort vorbeifährt, doch im letzten Moment glaube ich Markos Wagen zu erkennen, bevor er außerhalb meiner Sichtweite ist.

Es juckt mir in den Fingern, ihm eine Nachricht zu schicken, doch welchen Sinn soll das haben? Wenn er schon nicht auf meine Anrufe reagiert, warum sollte er sich dann vor meiner Haustür herumtreiben?

Am nächsten Tag kommt Robert erst am frühen Abend, um Mathilda einzusammeln. Eigentlich hätte er sie heute Mittag von der Schule abgeholt, aber er musste mit seiner kleinen Tochter zu einer Vorsorgeuntersuchung beim Kinderarzt, da seine Frau vor ein paar Tagen wieder angefangen hat zu arbeiten.

Als ich ihm die Türe öffne und ihn begrüße, sieht er mich skeptisch an.

„Wenn ich es nicht besser wüsste, würde ich denken, du hast letzte Nacht Party gemacht“, kommentiert er meinen erschöpften Gesamteindruck.

„Schön wärs“, sage ich und winke ihn herein. „Tilly sitzt noch in ihrem Zimmer an den Hausaufgaben. Ich denke, das dauert noch etwa zehn Minuten. Tut mir leid, dass sie noch nicht fertig ist. Kann ich dir was anbieten?“, frage ich, als ich vor ihm in die Küche gehe.

Robert bleibt im Türrahmen stehen und sieht mir dabei zu, wie ich mir den siebten Kaffee für heute eingieße.

„Nein, danke. Aber ist wirklich alles okay bei dir? Du weißt, dass ich mit solchen Aussagen zurückhaltend bin, aber du siehst grauenhaft aus. Wann hast du das letzte Mal geschlafen? Nimmt dich der Job so mit?“

„Nein, das ist es nicht. Die neue Stelle ist toll. “ Ich wende mich von ihm ab, damit er nicht sieht, wie ich mir auf die Unterlippe beiße, um die aufsteigenden Tränen zu unterdrücken.

Doch dann steht er hinter mir und legt mir eine Hand auf die Schulter. „Ich gehe kurz zu Tilly und sage ihr, sie soll noch ein bisschen im Zimmer spielen, bis ich sie hole, weil wir ein paar Erwachsenensachen besprechen müssen. Und dann erzählst du mir, was mit dir los ist."

Ich kann ihm nicht antworten, denn sonst kommt wahrscheinlich nur ein lauter Schluchzer aus meinem Mund, doch darauf wartet er gar nicht erst.

Einen Moment später ist er wieder da und schließt die Küchentür hinter sich. Meine Dämme sind bereits gebrochen und ich schniefe in ein Stück Küchenpapier.

Robert nimmt meine Hand und zieht mich zum Esstisch, wo wir uns beide hinsetzen.

„Okay, Franzi. Klartext. Du weißt, dass ich nie in Frage gestellt habe, wie gut du dich um unser Kind kümmerst, aber gerade mache ich mir sehr große Sorgen um dich. Auch wenn das in den letzten Jahren vielleicht abgeflacht ist, haben wir uns immer versprochen, Freunde zu sein. Für unsere Tochter. Darum denke ich, dass es Zeit ist, mir zu sagen, warum es dir so miserabel geht. Ich habe dir letzte Woche bei der Übergabe schon angesehen, dass etwas nicht stimmt, aber jetzt bin ich wirklich beunruhigt."

Und dann schütte ich ihm mein Herz aus und erzähle ihm alles, was mit Marko passiert ist. Auch das, was damals schief gelaufen ist. Eigentlich sind für so etwas beste Freundinnen da, doch die einzige Person, die ich dafür jemals ernsthaft hatte, habe ich in der Pandemie an Verschwörungstheorien verloren.

Nachdem ich alles losgeworden bin, schaut er mich lange und nachdenklich an.

„Wir haben damals so viel geredet, als du schwanger wurdest, aber davon hatte ich keine Ahnung", sagt er schließlich.

„Ich wollte da nicht drüber sprechen, es war einfach noch zu frisch. Außerdem war es wichtiger, wie wir die Zukunft organisiere, da wir uns ja sehr schnell sicher waren, dass wir als Paar nicht funktionieren. Und irgendwann war nur noch Mathilda und wie wir es mit ihr regeln wichtig. Es bestand überhaupt kein Grund, dass du dich mit meinen Exbeziehungen auseinandersetzt."

„Mag sein, Franzi. Aber auch wenn wir inzwischen den Alltag gut getrennt managen, haben wir doch eigentlich eine freundschaftliche Ebene. Das heißt für mich auch, dass ich wissen möchte, wenn es dir nicht gut geht. Du weißt, dass ich das nicht als Vorwurf meine, aber es betrifft halt auch unsere Tochter und wenn ich irgendetwas tun kann, um dich zu entlasten, dann musst du es nur sagen."

„Das ist wirklich lieb, aber ich komme zurecht. Egal wie dreckig es mir geht, für Tilly habe ich mich immer zusammengerissen."

Robert greift nach meiner Hand und seufzt.

„Das weiß ich. Ich stelle in keiner Weise infrage, dass sie hier gut versorgt ist. Aber vielleicht willst du dich einfach für eine Weile mal nicht zusammenreißen müssen und brauchst etwas Zeit, um diese Situation für dich zu klären. Ich kann dir anbieten, Tilly ein paar Tage länger dazubehalten. In den nächsten drei Wochen habe ich sowieso Urlaub. Damit Jasmin ihren neuen Job stressfrei antreten kann, stelle ich sicher, dass mit der Tagesmutter für Stella alles glatt läuft und sie nicht direkt wieder rausgerissen wird. Es wäre überhaupt kein Problem, wenn Mathilda bei uns wäre. Dann hab ich ein bisschen Zeit mit meinen beiden Mädels."

Mir wird mal wieder bewusst, wie glücklich wir uns schätzen können, dass er Tillys Vater ist.

„Du weißt, dass ich sie nicht gerne aus ihrem Rhythmus reiße, aber im Moment weiß ich ehrlich gesagt gar nicht, wie ich das überhaupt ablehnen soll. Volle drei Wochen sind wirklich nicht nötig, doch ein paar Tage wären schon ziemlich toll."

„Das ist überhaupt kein Problem und ich bin mir ziemlich sicher, dass sie das verkraftet. Sie weiß doch, dass wir beide jederzeit für sie da sind. Wenn du sie vermisst, dann ruf einfach bei uns auf dem Festnetz oder auf meinem Handy an. Ich weiß ja, dass sie fast nie auf ihr eigenes Telefon guckt."

Ich möchte ihn küssen. Natürlich nur rein platonisch.

„Du bist der Beste, Rob. Ganz ehrlich. Wenn ich mich revanchieren kann, musst du es nur sagen. Falls du und Jasmin mal eine Auszeit braucht."

„Vielleicht komme ich irgendwann darauf zurück. Im Moment ist es aber nur wichtig, dass du wieder auf die Füße kommst und dein Liebesleben sortierst. Wenn ich ganz ehrlich sein soll, glaube ich, dass du es Tilly zuliebe viel zu lange hinten angestellt hast und dass es dir vielleicht auch deswegen jetzt ein bisschen um die Ohren geflogen ist."

Damit könnte er recht haben. Zwar hat die Geschichte mit Marko eigentlich nichts mit den wenigen, eher holprigen und kurzweiligen Bekanntschaften der letzten Jahre zu tun, doch die Tatsache, dass ich nie die Chance hatte, mich innerhalb einer festen Beziehung weiterzuentwickeln, könnte eine Mitschuld daran tragen. Ich fühle mich in dem Konflikt mit Marko hilflos und sehe mich immer wieder in alte Verhaltensmuster zurückfallen. Dabei hasse ich es, wenn ich so bin.

17.

Die Erfahrung hat gezeigt, dass es mit dem Reden zwischen Marko und mir nicht immer klappt. Da ich aber dringend etwas loswerden muss, ohne dabei unterbrochen zu werden, versuche ich es noch am selben Abend in Briefform.

Marko,
ich schreibe diesen Brief, obwohl ich keine Ahnung habe, wo wir gerade stehen. Es spielt aber eigentlich auch keine Rolle, denn das hier schulde ich dir seit zehn Jahren.
Es tut mir weh, dass du zu glauben scheinst, ich hätte das Kind nur abgetrieben, weil es von dir war. Dabei könnte das nicht weiter von der Wahrheit entfernt sein.
Ich gebe dir Recht, wir hätten damals beide unseren Stolz überwinden und die ganze Geschichte gemeinsam regeln sollen. Zu meiner Verteidigung kann ich nur sagen, dass ich wahnsinnige Angst hatte, das nicht zu schaffen. Dir war zu der Zeit noch alles andere wichtiger, als sesshaft zu werden und eine Family zu gründen. Marko, das ist kein Vorwurf, nur ist es halt trotzdem ein Fakt. Ich bin mir sicher, hätte ich dich darum gebeten, dann hättest du vieles aufgegeben, um für mich und unser Kind da zu sein.

Doch um welchen Preis? Das Risiko, dass du mich dafür irgendwann hasst, war mir einfach zu groß.
Was du nicht mitbekommen hast, ist, dass ich nach dem Abbruch massive Komplikationen hatte. Die Ärzte haben mir anschließend gesagt, dass ich höchstwahrscheinlich nie mehr auf natürlichem Weg Kinder bekommen kann, weil meine Gebärmutter voller Narbengewebe ist. Ich hatte das Pech zu dem einen Prozent zu gehören, die mit Spätfolgen aus diesem eigentlich sicheren Eingriff herausgeht.
Anschließend ging es mir miserabel, sowohl wegen dieser Geschichte als auch wegen der Tatsache, dass du nicht mehr an meiner Seite warst. Ich hatte ein wirklich schlimmes halbes Jahr, in dem kurz davor war, richtig böse abzustürzen. Ich habe Party gemacht, getrunken und ja, auch mehr oder weniger wahllos rumgevögelt. Alles, um mich bloß nicht mit meinen Problemen auseinandersetzen zu müssen. Ich habe mein Studium nicht angetreten und angefangen, mit den falschen Leuten rumzuhängen. Es wäre ein Leichtes gewesen, mit anderen Drogen weiterzumachen, und die Verlockung war groß. Ich hätte fast alles getan, um mich von dem Schmerz abzulenken. Zum Glück ist mir irgendwann in einem wachen Moment aufgefallen, dass ich seit dem Eingriff meine Periode nicht mehr hatte. Das hatte ich auf die

Komplikationen geschoben und dachte mir, dass sich das schon wieder einpendelt, doch schließlich wurde es mir zu heikel und ich habe einen Schwangerschaftstest gemacht. Obwohl aufgrund der Narben und der Tatsache, dass ich immer verhütet habe, meine Chance auf eine Schwangerschaft eigentlich gegen null geht, erschienen da zwei Striche.

Ich will gar nicht weiter ausführen, wie es mir dann ging, aber aufgrund meiner Vorgeschichte kannst du vielleicht ein bisschen nachvollziehen, warum es mir nicht möglich war, in dem Fall auch nur über einen weiteren Abbruch nachzudenken. Mathilda war vermutlich meine einzige Chance auf ein leibliches Kind und obwohl ich noch immer nicht bereit war, Mutter zu werden, blieb mir keine andere Wahl, als mich mit diesem neuen Leben zu arrangieren. Egal, wie anstrengend es war und noch wird, ich bereue keine Sekunde. Meine Entscheidung hatte nichts mit dem Erzeuger zu tun und dass ich ihn als fähigeren Vater eingeschätzt habe. Im Gegenteil: Ich kannte ihn zu der Zeit überhaupt nicht und es war letztendlich nur Glück, dass er sich als vernünftiger Kerl entpuppt hat, der alles für sein Kind tut.

Ich will damit sagen, dass meine Entscheidung nichts mit dir zu tun hat. Mir blieb nur keine andere Wahl, als die Situation anzunehmen, wenn ich ein eigenes Kind wollte.

Ich bereue keine Sekunde mit Mathilda. Sie ist ein großartiges Mädchen und ich bin mir sehr sicher, dass sie sich auch mit dir verstehen würde.
Ich würde mich gerne unter vier Augen dafür entschuldigen, dass ich dich nicht früher über die Situation aufgeklärt habe. Aber ich kann mich nicht dafür entschuldigen, dass ich sie bekommen habe. Mathilda ist kein Fehler. Egal, wie sie zustande gekommen ist.
Unsere Funkstille macht mich fertig. Mir war nicht klar, dass selbst nach der langen Zeit immer noch so viel zwischen uns ist. Ist das jetzt wirklich alles zerstört? Können wir noch einmal von vorne anfangen oder haben wir das schon zu oft getan?
Vielleicht ist die Tatsache, dass du meine Anrufe ignorierst, die Antwort, die ich haben will, auch wenn ich inständig hoffe, dass du nur Zeit brauchst.
Bitte rede mit mir, ich flehe dich an.

Franzi

Vielleicht habe ich nie aufgehört, ihn zu lieben. Jedenfalls zeigt mir mein aktueller Zustand, dass ich das alles nicht verarbeitet habe und das die ganzen Gefühle von damals wieder aufblühen.

Robert ist vor Stunden mit Tilly aufgebrochen und als ich den Brief an Marko endlich beendet habe, ist es fast Mitternacht.

Eigentlich möchte ich ihn gar nicht abgeben, weil er vor Verzweiflung nur so trieft, doch was soll ich machen, wenn er sonst nicht mit mir spricht?

Obwohl es bereits so spät ist und ich morgen in der Frühschicht arbeite, setze ich mich noch einmal ins Auto und fahre zu Marko.

Sein Wagen steht nicht vor der Tür und in seiner Wohnung brennt auch kein Licht. Vermutlich ist er noch bei der Arbeit oder anderweitig unterwegs. Da ich nicht weiß, wann seine Schichten enden, husche ich schnell zu seinem Briefkasten und mache mich dann sofort wieder aus dem Staub.

18.

Wie erwartet weiß ich am nächsten Tag kaum, wie ich aus dem Bett kommen soll. Irgendwie schaffe ich es dennoch, halbwegs präsentabel und pünktlich auf der Arbeit zu erscheinen. Ich fühle mich etwas erleichtert, dass ich Marko erklärt habe, wie Mathilda zustande gekommen ist, wenngleich ich natürlich nicht weiß, ob er weiterhin ablehnend reagieren wird.

Heute bekommen wir im Hospiz einen neuen Bewohner und dafür müssen noch ein paar Sachen vorbereitet werden. Während ich mich jetzt schon auf meine Tasse Kaffee in der Frühstückspause freue, lasse ich mir ausführlich die nötigen Vorgänge erklären. Ich mag es sehr, dass hier, im Gegensatz zu meinem alten Job, alles etwas entschleunigt ist. Mir ist bewusst, dass es nicht jedem liegt, an einem Ort zu arbeiten, der nur der möglichst humanen Versorgung bis zum nicht mehr vermeidbaren Lebensende dient. Niemand kommt hierher, um zu heilen. Den Zeitpunkt hat jeder der Bewohner schon länger überschritten.

Der Tod war zwar auch im Krankenhaus allgegenwärtig, doch meist unter weniger idealen Bedingungen und fast nur als Folge eines irgendwie gearteten Notfalls. Ich habe in der Klinik einige Jahre Erfahrung auf der Geriatrie gesammelt und ich kann gar nicht mehr zählen, wie oft ich Angehörige nach ein paar tröstenden Worten sich selbst überlassen musste, da schon wieder irgendwo ein Patient klingelte, ein Schichtwechsel bevorstand oder die generelle Überlastung einfach nicht mehr zuließ. Für mich war schlimm, dass es mir letztendlich immer gleichgültiger wurde, weil ich so ausgebrannt war.

Im Hospiz habe ich wieder das Gefühl, etwas zu tun, das für ein paar Menschen einen Unterschied macht. Angehörige, die das Krankenhaus nach einer Todesnachricht verlassen, wirken oft vollständig traumatisiert. Das liegt nicht nur daran, dass der Tod überraschend kam, sondern vor allem, dass sie in keiner Weise aufgefangen werden.

Bei uns im Hospiz muss keiner gehen, bevor er sich nicht angemessen verabschieden konnte und auch von uns und unserem Psychologen so lange betreut wurde, bis sie zumindest sicher in der Lage sind, den Heimweg anzutreten. Ich weiß, dass die Tode mich auf Dauer auch belasten werden, trotzdem glaube ich, es besser kompensieren zu können, weil ich hier in zwei Wochen mehr Würde erfahren habe, als in zehn Berufsjahren im Krankenhaus.

In jedem freien Moment habe ich tagsüber einen kurzen Blick auf mein Handy geworfen, um nachzuschauen, ob Marko sich gemeldet hat, doch ich bekomme kein Lebenszeichen von ihm. Vielleicht hat er meinen Brief auch noch nicht gefunden.

Nach diesem langen Arbeitstag will ich eigentlich nur ins Bett, doch jetzt kreise ich bereits zum dritten Mal durch meine Straße auf der Suche nach einem Parkplatz.

Schließlich gebe ich auf und parke in der Parallelstraße. Die paar Meter bis zu meiner Haustür bringen mich auch nicht mehr um.

Als ich in meine Straße einbiege, kommt mir von der anderen Seite Marko entgegen. Entgeistert bleibe ich auf der Stelle stehen und starre ihn an. Bin ich jetzt schon so übermüdet, dass ich ihn mir zusammenfantasiere?

Mit einem unsicheren Lächeln geht er weiter auf mich zu. Wie soll man denn da einen klaren Gedanken fassen?

„Was machst du hier?“, frage ich, als er vor meinem Haus und damit in Hörweite angekommen ist.

Er streckt nur den Arm aus und winkt mich zu sich heran. Wie ferngesteuert komme ich seiner

Aufforderung nach und bleibe schließlich vor ihm stehen.

„Gehen wir hoch und reden?“, fragt er leise.

„Ich war mir nicht sicher, ob du das noch willst.“

„War ich mir ehrlich gesagt auch nicht. Aber dann habe ich deinen Brief bekommen.“

„Es tut mir so leid“, sagen wir zeitgleich nur wenige Sekunden, nachdem ich die Wohnungstür hinter uns geschlossen habe.

„Was tut dir denn leid?“, frage ich irritiert, da ich den Brief ja eigentlich mit dem Ziel geschrieben habe, mich zu entschuldigen.

„Franzi, ich hatte keine Ahnung, was damals passiert ist. Wenn ich das gewusst hätte ...“

„Was wäre dann gewesen?“

„Ich weiß es auch nicht. Jedenfalls hätte ich dich nicht allein gelassen. Und ich wäre wegen Mathilda nicht so sauer geworden.“ Gestresst fährt er sich durch die Haare, bevor er mit hängendem Kopf vor mir stehen bleibt. „Das ist doch alles Schwachsinn“, flüstert er. „Ich hätte dich nie alleine lassen dürfen. Ohne Wenn und Aber. Warum tun wir uns das an? Wir haben uns doch geliebt. Ich glaube, ich habe nie wirklich aufgehört.“

Mein Herz setzt kurz aus, ob seiner Worte.

„Ich auch nicht“, flüstere ich, obwohl ich zu diesem Eingeständnis eigentlich noch längst nicht bereit war. Mein Mund überholt manchmal meinen Verstand.

Es tut mir so leid, dass ich nicht von Anfang an offener war. Mein einziges Ziel war es Mathilda zu schützen. Dass du dabei auf der Strecke bleiben und verletzt werden könntest, war mir bis vor kurzem nicht bewusst. Ich bin da echt übers Ziel hinausgeschossen. Kannst du mir das verzeihen?“

„Ich bin mir nicht sicher, ob Vergebung hier überhaupt das Thema sein sollte.“ Er nimmt meine Hände und zieht mich die letzten Zentimeter zu sich heran, bevor er mich auf den Mund küsst. „Vielmehr sollten wir endlich wie Erwachsene kommunizieren. Denn ich bin mir ziemlich sicher, dass wir das können.“ Er küsst mich erneut und schiebt mich dabei sanft Richtung offener Schlafzimmertür. Mit einer Hand auf seine Brust stoppe ich ihn.

„Das sollten wir wirklich, Marko. Ich will dich nicht verlieren. Nicht schon wieder.“

„Ich bin froh, dass wir da einer Meinung sind. Können wir dieses Gespräch aber vielleicht morgen früh fortsetzen. Du hast mir wahnsinnig gefehlt und ich würde jetzt lieber etwas anderes tun, als zu reden.“

Behutsam drängt er mich ein Stück weiter durch die Diele, während er meinen Hals küsst. So kann ich nicht denken. Oder auch nur protestieren.

Erst als meine Kniekehlen die Bettkante berühren, bemerke ich, dass wir bereits den Raum durchquert haben.

Ich lasse mich aufs Bett sinken und stütze mich auf den Händen ab, um ihn ansehen zu können. Das Zimmer wird nur durch die Dielenbeleuchtung erhellt, doch es ist genug, um ihn sehen zu können.

Marko verschwendet keine Zeit und streift mir Stiefel und Hose ab. Ich ziehe mein Shirt mit Bustier über den Kopf und mache das gleiche mit seinem Pullover, als er sich über mich beugt, um meinen Bauch zu küssen.

Er umfasst meine Brüste und saugt nacheinander an meinen aufgestellten Nippeln. Kurz beansprucht er meinen Mund, um dann doch gleich wieder zu meinen Brustwarzen zu wandern und dieses Mal etwas fester zu saugen.

Mein Keuchen bringt ihn dazu, grinsend zu mir aufzuschauen.

Langsam er lässt er sich auf die Knie sinken und spreizt meine Beine. Seine Hände wandern an der Außenseite meiner Oberschenkel hinauf. Schon jetzt will ich ihn nur noch in mir spüren.

Mit einem lasziven Lächeln küsst er sich an meinem Innenschenkel hinauf. An seinem Ziel angekommen, presst er seinen warmen Mund auf den dünnen Stoff. Ich bin mir ziemlich sicher, dass es der Druck seiner Zunge ist, denn ich dort spüre und der nur ein Vorgeschmack auf das ist, was noch kommen könnte.

Marko hakt seine Finger an den Seiten meines Höschens ein. Ich hebe die Hüften, damit er es mir leichter abstreifen kann. Schon jetzt bin ich so erregt, dass es nicht mehr viel braucht, um mich zum Kommen zu bringen. Als sein Kopf in meinem Schoß verschwindet und seine Zunge meinen Kitzler berührt, versuche ich reflexartig die Beine zu schließen. Marko reagiert direkt und drückt mit den Händen meine Schenkel auseinander. Sofort spüre ich wieder seine warme, weiche Zunge auf meiner empfindlichsten Stelle. Mein Körper drängt sich ihm unwillkürlich entgegen. Hitze sammelt sich dort, wo er mich mit seinem Mund und den Fingern verwöhnt. Dieser Höhepunkt überrollt mich ohne Vorwarnung.

„Verdammt, Franzi. Du bist so heiß, wenn du kommst."

Vom Orgasmus geschwächt und außer Atem stütze ich mich auf, als Marko sich an meinem

Oberkörper hoch küsst, bis er bei meinen Lippen landet, wo ich mich selbst schmecke.

Mein Verlangen nach ihm ist noch längst nicht gestillt, also schiebe ich seine Hose und Boxershorts herunter und nehme ihn in die Hand.

„Ich will dich“, flüstere ich an seinem Mund, während ich ihn in meiner Hand massiere. Ich dränge ihm weiter mein Becken entgegen, um seinen Schwanz über meinen Kitzler gleiten zu lassen. Marko schließt die Augen und atmet heftig durch die Nase, während er um Beherrschung kämpft.

„Kondome?“, fragt er durch zusammengebissene Zähne. Mit meiner freien Hand greife ich blind in meine Nachttischschublade und nehme das erste Folienpäckchen, das ich zu packen bekomme.

Routiniert streift er sich das Gummi über, ohne nennenswert Distanz zwischen uns zu schaffen. Als er in mich eindringt, vergrabe in mein Gesicht an seinem Hals und versuche, ein Keuchen zu unterdrücken, doch das Gefühl, wenn er mich ausfüllt, ist einfach zu köstlich.

„Denk ja nicht dran, leise zu sein. Ich will dich hören“, wispert er in mein Ohr.

Markos Atmung kommt stoßweise in Zusammenspiel mit seinen Stößen. Ich kann das heisere Stöhnen nicht unterdrücken, dass er damit in mir auslöst. Abrupt hält er still und beißt sich auf die Unterlippe. Ahnungslos darüber, was ich ihm abverlange, bewege ich dennoch weiter meine Hüften.

Die nächsten Stöße kommen schnell und hart.

„Du fühlst dich zu gut an." Er schüttelt den Kopf und sein Körper versteift sich. „Fuck. Tut mir leid. Da konnte ich nichts gegen tun", entschuldigt er sich und küsst mich, wie zur Entschuldigung, während er immer noch zittert.

Überrascht beobachte ich, wie er aus mir herausrutscht, flink das Kondom gegen ein neues austauscht und wieder in mich eindringt. Ich will ihn fragen, ob er eine Auszeit braucht, doch aus meinem Mund kommt nur noch ein Keuchen.

Zärtlich küsst er das Tal zwischen meinen Brüsten und setzt sich auf die Knie, während er meine Schenkel um seine Taille schlingt.

Dann zieht er sich ein Stück aus mir zurück und blickt abwartend auf mich herab, doch ich dränge mich ihm schon wieder entgegen.

„Darf ich deine Reaktion so verstehen, dass du bereit bist für die zweite Runde?", fragt er grinsend.

„Ja, bitte", antworte ich mit unschuldiger Stimme, derweil ich mit meinen Nippeln spiele, die schon wieder hart sind.

Marko richtet sich auf und hält meine Beine weiter um seine Hüften geschlungen. In diesem Winkel dringt er nur noch tiefer in mich ein. Ich greife nach dem Kopfteil des Bettes, um mich festzuhalten.

Zuerst bewegt er sich zögernd, doch das ist uns beiden nicht genug. Dieses Mal muss er sich weniger um Kontrolle bemühen, darum ermutige ich ihn, nicht so vorsichtig zu sein.

„Fick mich!", fordere ich.

„Fuck", raunt er und zieht mich vom Kopfteil weg. Er legt meine Beine an seine Schultern und drückt mich nach unten. Meine Knie drücken gegen meine Brust und ich halte mich an seinen Unterarmen fest. Seine Nähe lässt eine weitere Welle der Erregung durch mich rauschen. Und dann beginnt er sich zu bewegen.

„Ist es das, was du willst?" Er bekräftigt jedes Wort mit einem harten Stoß. Ich kann nur noch mit einem Nicken antworten.

„Ich liebe es, dich zu ficken", sagt er mit angehaltenem Atem, während seine Hüften unaufhörlich gegen meine Schenkel schlagen.

„Ich will nicht mehr ohne dich sein", wispere ich.

Meine Antwort entlockt Marko ein tiefes Stöhnen, das mich über die Klippe stößt.

Marko setzt sich auf die Knie, während ich noch die Wellen meines Höhepunkts auskoste. Er schaut auf mich herab, und all die unausgesprochenen Worte spiegeln sich in seinen Augen.

„Ich werde nie genug von dir bekommen“, sagt er mit rauer Stimme. Er wechselte das Tempo, seine Hüften bewegten sich unerträglich langsam. Mein Körper läuft immer noch auf Hochtouren, ich bin so empfindlich, dass ich unter der nicht enden wollenden Erregung zittere.

„Das ist zu viel“, wimmere ich.

Bald werden seine Stöße schneller und hektischer.

„Sieh mich an“, fordert er. Sein Körper versteifte sich, bevor er über mir zusammenbricht, sich auf die Seite rollt und mich in seine Arme zieht.

So war es damals und so ist es heute noch. Wir sind perfekt zusammen. Bis wir es nicht mehr sind. Doch nach allem, was war, hoffe und bete ich, dass wir es jetzt besser machen. Obwohl ich es so lange erfolgreich verdrängt habe, war Marko ein elementares Puzzleteil in meinem Leben, von dem mir erst bei unserem Wiedersehen klar wurde, dass es immer gefehlt hat.

„Ich will dich nicht mehr gehen lassen“, flüstere ich in den halbdunklen Raum. Marko atmet hinter mir tief ein und drückt mir einen Kuss auf die Schulter.

„Das hättest du nie gemusst. Aber ich fürchte, jetzt wirst du mich wirklich nicht mehr los“, antwortet er, ehe er mich noch fester an sich zieht.

19.

Epilog

Vor einem guten Jahrzehnt hätte ich mir das nicht vorstellen können, doch heute fühlt es sich perfekt und richtig an. Marko sitzt mit Tilly am Küchentisch und hilft ihr bei den Matheaufgaben, während ich für uns das Abendessen vorbereite.

Ihre erste Begegnung vor einem guten halben Jahr war nicht geplant. Robert musste mir Mathilda mitten in der Nacht vorbeibringen, da seine kleine Tochter es geschafft hatte, mehr oder weniger erfolgreich aus ihrem Gitterbett zu klettern und sich dabei eine Platzwunde am Kopf zuzuziehen. Natürlich wollte er seine Frau nicht alleine in die Notaufnahme fahren lassen. Genauso wenig konnte er aber Tilly zurücklassen. Zu diesem Zeitpunkt lag Marko in meinem Bett und hat nach einer anstrengenden Schicht tief und fest geschlafen. Ich hab es nicht übers Herz gebracht ihn zu wecken und rauszuwerfen. Da Tilly zumindest schon von seiner Existenz wusste, habe ich es drauf ankommen und ihn schlafen lassen. Mit dem festen Vorsatz, am Morgen mit ihr zu reden und sie vorzuwarnen, dass er da ist, bevor er aufsteht, habe ich sie von Robert übernommen und hier direkt wieder ins Bett verfrachtet.

Ich kam allerdings gar nicht erst dazu, die beiden vorzustellen, denn als ich am nächsten Tag aufstand, saßen sie schon gemeinsam am Frühstückstisch und haben nur auf mich gewartet.

Seitdem passt kein Blatt Papier mehr zwischen Marko und Tilly. Wenn er hier ist, bin ich abgemeldet. Zum Missfallen ihres Vaters, der Steuerberater ist, will sie jetzt Feuerwehrfrau werden. Grundsätzlich ist er aber froh, dass sich Tilly mit meinem Partner gut versteht, darum wird er es auch noch verkraften, nicht mehr der einzige Held in ihrem Leben zu sein.

Nächste Woche werden wir wieder ein paar Tage in der Waldhütte verbringen, nur wir beide. Dieses Mal bei bestem Frühlingswetter. Es wird quasi *das längste zweite Date*, denn in unserem Alltag ist es nicht immer einfach, ungestört und gleichzeitig ausgeruht mehr als einen Abend am Stück Zeit miteinander zu verbringen. Irgendwann werden wir auch Tilly mal dort hin mitnehmen, aber diese Tage gehören ganz egoistisch nur uns und ich kann es kaum erwarten.

Während neben mir die Pasta kocht, stehe ich an die Küche gelehnt und beobachte meine Lieblingsmenschen. Marko ist so unfassbar geduldig mit meiner Tochter und das ist einer der vielen Gründe, warum ich mich jeden Tag neu in verliebe.

Wir haben tatsächlich ein paar Sitzungen Paartherapie gemacht, wo wir gelernt haben, besser miteinander zu kommunizieren. Das macht inzwischen einen gravierenden Unterschied in Konfliktsituationen und hätten wir es damals getan, dann hätte es uns vermutlich gerettet. Doch es hat keinen Sinn, die Vergangenheit zu betrauern, wenn es uns jetzt gut geht.

Für einen Moment sieht er zur mir auf, als Tilly an einer Aufgabe schreibt, und zwinkert mir zu.

„*Ich liebe dich*", forme ich lautlos mit den Lippen.

Marko lächelt und legt eine Hand auf sein Herz.

„*Und ich liebe dich*", erwidert er, bevor er sich wieder meiner Tochter zuwendet.

Impressum:

Melanie Hinz
Hochstadenstr. 142A
41189 Mönchengladbach
E-Mail: melanie@melanie-hinz.de

Copyright © 2022 by Melanie Hinz
Coverfoto: Canva

Alle Rechte vorbehalten,
einschließlich das des
vollständigen oder teilweisen
Nachdrucks in jeder Form.

Printed in Poland
by Amazon Fulfillment
Poland Sp. z o.o., Wrocław

89275211R00096